婚約破棄《はき》されまして（笑）2

登場人物紹介
ルーク
隣国の皇太子。エリーゼと同じく前世の記憶を持っている。
アニス
エリーゼの専属侍女。色んな意味でなかなかのツワモノ。
エリーゼ
乙女ゲームの悪役令嬢。前世は佐藤百合子《さとうゆりこ》という孤独なアラフォー女性。生産チートに目覚めて、異世界で新たな食文化を築き上げている。
ノエル
ルークの従魔。甘えん坊の弟キャラ。
トラジ
エリーゼの従魔。お料理が得意。
タマ
エリーゼの従魔。ニャンコたちの中ではお兄ちゃん的存在。

ジム
侯爵家の料理長で
エリーゼの協力者。
キャスバル
エリーゼの長兄。
顔も性格も良くて
完璧なお兄様。
トムじい
侯爵家の庭師で
エリーゼの協力者。
ハインリッヒ
エリーゼの父。
国の要所を治める
やり手の侯爵。
だが妻には弱い。
フェリシア
エリーゼの母。
可愛い顔に似合わず
鋭いツッコミをする。
トール
エリーゼの次兄。
少しチャラいけど
優しいお兄様。

目次

旅立ち前夜 7
旅立ちの日 19
王都最後の食卓 96
旅路 117
自分の気持ち 208

旅立ち前夜

こーんばーんはー！　エリーゼです。

現在お腹いっぱいで眠たいのにうっかり寝れないシュバルツバルト侯爵令嬢ですっ！　花も恥じらうピチピチ（古い！）十八歳です。

乙女ゲームの世界に転生したのですが、いわゆる悪役令嬢ポジションでした。いえ、悪役令嬢ポジと言ってもイジメとかしてませんでしたよ。そんな乙女ゲームでもありませんでしたし、そうですね……あえて言うならライバル役の方が正しいんですけど、制作会社が販売数を上げるために悪役令嬢と書いてたかな？　って感じですよホント。

ゲームだと二次元だったし、神絵だったからリアルな三次元になるとどうなるのかな？　って思うでしょ？　私も思いました！　でも、鏡で見た自分の姿はまごうことなき美少女でした！

パッチリお目々にスッと通った鼻、ツヤツヤでぷくぷくの唇に気持ちのいい肌触りの白い肌！

青く光る銀色の髪……青銀《あおぎん》色というんですって。それもサラサラで腰まであるストレートロング。

自分一人じゃこうはいかない。ありがとう、お世話してくれる皆さん！　いえ、メインは専属侍女のアニスなんですけど、他にもね……いますよ。

瞳も青紫色でとってもキレイ！　それにね、あの乙女ゲームは声優もとっても豪華だったのよ！　私、悪役令嬢なのに声も良かったんです!!　まさかの妹ちゃんボイス！（分からなくても良いんです！）

うっとり……あぁいけない、自分のことばかり。

乙女ゲームらしく断罪され、婚約破棄《はき》されましたよ。ええ、そりゃあもう抗《あらが》うことなくスパッと受け入れました。だって王家ってブラック企業かな？　ってくらい大変な割にお金も国庫からだから制限あるし、そのクセ役目とか仕事とか多いのよね。割に合いません。イメージだと遊んでるけど全然遊べませんから!!

王子様と婚姻してもいいことって、正直ないんでありがたかったです。

だって実家はびっくりするほどお金持ちで、私は美少女だし。まだ十八歳ならなんでもできるわけだし、将来明るいでしょ！

それにしても毎日大変だったなぁ……王子妃教育とかキビシかったわ……マナーとかダンスとかだけじゃない貴族向けのアレコレ……色々あるよね……人間、金と権力持つとさ……気にしたら負けだって分かってるけどね。

ちょっと過去の自分に引きながら、寝室に籠《こ》もる。

ドレスや靴をポイポイと脱ぎ、衝立《ついたて》に引っかけておく。

パン一（正確にはふんどし一丁）でベッドの中に潜《もぐ》り込む。

明らかに羊毛じゃない、何かフワフワとした毛織物の毛布は暖かく軽い。

肌触りもモフモフと気持ちがいいので、夜着とか寝間着とか着ない方が暖かくて心地いい。

明日のお昼ごはん後に領地に向けて出発かぁ。あーあ……これが乙女ゲームじゃなくてアクションとかRPGとかなら、ステータスがどうのこうのって話になるんだけどなぁ……

思い出してすぐくらいに〈ステータス〉って言ってみたけど、全然だったんだよねぇ。

「ステータスかぁ…………そう言えば伯母さん、昔なんかぼやいてたなぁ……ステータスって簡単に言ってるけど、昔は皆キチンとステータスウィンドウって言ってたんだっ…………て？　え？」

ブツブツ独り言を言ってたんですけど、目の前に半透明の棒が浮かんでます。

まさかねー？　伯母さんの言ってたこと、言ってみよっかなー。

「ステータスウィンドウ、オープン」

半透明の棒がフッて大きく四角くなりました!!　まさかのステータスが見られてます！

エリーゼ・フォン・シュバルツバルト
十八歳
女
レベル：1

ＨＰ：９９９９９
ＭＰ：９９９９
スキル：××××……

スキルの文字が小さすぎて読めない……

なんだ、この大雑把《おおざっぱ》なステータス。

しかもスキル欄《らん》、本来一行のところに五行かな？　それもミッチリあるみたいで良く分からない。

米粒に般若心経《はんにゃしんきょう》書きました！　レベルの細かさ……拡大鏡ないと無理！

………レベルが1なのに、ＨＰとＭＰがカンストっぽいっていいかがなのよ！

これ文字とか大きくならないのかしら？

ソロ～ッと手を伸ばしてステータスウィンドウを触っ……れた！

スマホみたいに引き伸ばせ……ない！　はい、ダメでしたー！　チッ……でも、触れるんだよねー。

ダメもとでスキル欄《らん》を触ってみよう、何か分かるかも。

ドキドキするなぁ……一番上の端っこ……を……

「ピッ」

いょっし！　触ったら文字が大きくなりましたー！

『無限収納　※』

無限収納………マジか！　やったぁ！　明日、朝一で料理長に言って食材を発注かけてもらおう！

てか、『無限収納』ってなんだ？　何か意味があるのかな？

なんだろう？　触ってみるか……

『無限収納：生命体以外収納可。質量無制限。収納時は時間停止します。出し入れは念ずるだけで行えます』

注意書き？　説明？　みたいなことが書いてある。

親切なのか不親切なのか、分からない……

とにかくスキル欄《らん》、一つ一つ触ってトライしてみよう！　詰めっ詰めになってるから、あんまり動かさない方向で。

さっそくパネルに浮かぶスキルを指先で次々と押してみる。

『鑑定眼』『マップ〈レベル1〉』『全属性魔法』『創作魔法』『スペルマスター』

うん？　なんだこのスペルマスターって？　とりあえず押してっと……

『スペルマスター：新たな呪文を作ることができます』

……なんのこっちゃ……。また、押してみるか。

『テイムマスター』

は？　テイムじゃなくてテイムマスター？

『テイムマスター：魔物、動物、人間をテイムした者に与えられます。全生物をテイムできます』

待てや！　動物と人間なんてテイムした覚えがないわ！

謎……謎すぎる……そして疲れる……次でやめよう…………面倒くさい。

『マイ・アイランド』

は？　何、このスキル…………

『マイ・アイランド：亜空間にある島（周囲の海も含む）を使用できます。テイムマスターの証。島や海にテイムした魔物・動物・人間を住まわせることができます』

…………ソシャゲ？　なんか色々おかしい…………ただのチートとかっていうのと違う気がする…………

あえて言うなら、複数人がそれぞれ勝手にチートつけてみました！　とか、こんな能力つけてみました！　みたいな……ノリ？　ノリなの？　悪ノリだよね？　いや、ありがたいけど。

もう、スキルとかはイイや…………

最後に一番気になるやつ、あいつを押す。『無限収納』の後、スキル欄《らん》の下の端っこにあるアレ…………

『※』

『設定』

えー!?　何よソレーーーー！　ホント、おかしいでしょ！
なんてことだ！　設定………どういうことよ…………
とりあえず、もう一回触ってみよう…………

らくらく簡単ステータス表示　　　オフ
メッセージウィンドウ　　　オフ
HP表示　　　オフ
MP表示　　　オフ
マップ表示　　　オフ
アナウンス　　　オフ
マイ・アイランド　iコン表示　　　オフ
パーティーメンバー表示（四人）　　　オフ

は？　スマホの簡単操作画面みたいになってるやん！　よし！　全部オンにしてこ！
………アナウンスの下のやつって、ボリューム？

らくらく簡単ステータス表示　　　オン

ステータスと唱えるだけで画面表示されます
メッセージウィンドウ　　　　　　オン
自動で各種メッセージが画面表示されます
ＨＰ表示　　　　　　　　　　　　オン
左上にバー表示されます
ＭＰ表示　　　　　　　　　　　　オン
左上・ＨＰの下にバー表示されます
マップ表示　　　　　　　　　　　オン
右上に表示されます
アナウンス　　　　　　　　　　　オン
マイ・アイランド　ｉコン表示　　オン
右下に表示されます
パーティーメンバー表示（四人）　オン
最大四人までＨＰ／ＭＰバー表示の下にバー表示されます

何コレ……
一気にゲーム画面っぽくなった。

それにしても、このマイ・アイランドが気になる。ｉコン表示とか、どうなってんの？

とりあえずｉコンを押してみる。

……視界いっぱいに広がる海？　に浮かぶ島が一つ。

〈ここは貴方のテイムした者たちを住まわせることのできる島です！　さっそくこの島に名前をつけてください！〉

何も考えずにさっそくメッセージウィンドウ開きました。

……行ってみたかった島の名前をつけちゃおっかなぁ……

「よし！　島の名前は八丈島《はちじょうじま》！」

〈この島の名前は八丈島に決まりました！　これから、どんどん島のレベルを上げて島を発展させてください〉

ソシャゲです。このノリはソシャゲです。明るいポップな音楽が流れてます。

〈島に畑を作りましょう！　レベル１は十面までしか作れません〉

……ぶっちゃけると、某農園とかの生産系ソシャゲのチュートリアル画面になりました。

やったことありますから、サクサク進めましたよ。

畑を作り、農作物の種まきですが、レベル１は麦とジャガイモとキャベツしか作れません。

が……とりあえずジャガイモを作ります。

チュートリアルなんで、メッセージに沿ってどんどん進めて行きます。

一通り進めたので、島のあちこちをタップしてみます。

茂みや海はレベルが上がると解放されることが分かりました。

ログハウスみたいなのが一軒建っているので、タップすると新たにウィンドウが出てきました。

〈島に移住させますか？〉
ユキ
エリック
大ルリ鳥　２　（名前をつけてください）
ふんどしたい　25

……なにこの、ふんどしたいって……あれか、毎朝私に躾《しつけ》られてるふんどし一丁の野郎どもか！

二十五人もいたんだ……私がテイムしたことになってるんだ……

大ルリ鳥って、毎朝来るあの鳥かな？　他に思いつかない。名前ねぇ……

鳥に関しては、明日の朝鑑定してみればいいか……それから考えてもバチは当たらないでしょ。

〈ジャガイモができました。収穫してください〉

もうできたのか。はいはい、収穫。

〈収穫した作物はロッジ＊上限アリか無限収納か選べます〉

↓ ロッジ
　無限収納

なん……だと……矢印をロッジから無限収納に変えてみる。

〈無限収納にジャガイモ十キロが入りました〉

マジかーーーーー!!

島のレベル上げてこう！　何が作れるようになるか分からないけど、どんどんレベル上げして色々作ろう！

何この夢と希望に満ち溢れるソシャゲ！　サイコーじゃん！　テイムした者たちを移住させられて、畑ができる！　しかも短時間な！　どんどん作ろう！　今度はジャガイモとキャベツを半々にしよう！　やばい！　何この、ご褒美《ほうび》ソシャゲ！

海があるってことは、釣《つ》りとかもできるようになるのかな？

クソッ！　寝なきゃいけないのに眠れなくなっちゃう！　でもちょうどいいのかも？　お腹いっぱいでポンポンだもの！　頑張れ、私！

私はまた種をまいてみた。

〈キャベツとジャガイモができました。収穫してください〉

収穫〜！　さっさと収穫して無限収納に送る。あ〜素敵〜！　野菜が溜まってく！

〈レベルが上がりました。ニンジン、タマネギ、エダマメが解放されました〉

エダマメ？　エダマメ状態で収穫ということか……くそ、ビールのない世界にエダマメとか切ないわ！

……あれ？　ジャガイモ、ニンジン、タマネギがあったらカレー……は無理だから肉じゃがか……砂糖もあるし醤油《しょうゆ》もある。

肉じゃがーーーー！　食べたーい！　豚じゃなくて、猪《いのしし》だけど構わない！

よし！　野営するようなことになったら作ろう！

もう、いい加減寝ないと……どこかに……どこかに画面切り替えの何かがあるはず……

あったぁ！　右上に『×』マークあった！　よし！　ニンジンとタマネギを種まきして寝る！

明日の朝、鳥に名前つけて移住可能にする！

そのあと料理長に食材・調味料・鍋類を買えるだけ買ってもらおう。

あと、トムじいに言って、実やら何やらを持っていけるだけ収穫してもらっとこう！

よし！　そうと決まったら種まき♪　種まき♪

ニンジン三面、タマネギ六面！

ポチッとな！　画面オフ！　さ！　寝るぞ！

……神様！　領地に帰り着くまでに何か魔物をゲットできますように！　お休み～！

旅立ちの日

朝です！　オハヨーなのです！　希望の朝です！

昨日は「ステータスウィンドウ・オープン」って言わなきゃ開かなかったけど、一度開いたら、設定変更でもう「ステータス」だけで大丈夫みたいだな。

「ステータス」

目の前に現れるステータス表示をシカトして、さっそく八丈島のアイコンをタップする。

〈ニンジンとタマネギの収穫をしてください〉

できてる♪　できてる♪　収穫♪　収穫♪　無限収納に収、穫！　イエーイ！

〈レベルが上がりました。畑を五面増やせます。イチゴ、ピーマン、ダイコンが解放されました〉

畑五面！　よし！　設置！　イチゴ五面！　ダイコン五面！　残りはジャガイモ！

ログアウト！　ジャガイモはいくらあってもいい！

よし！　これから朝のルーチンワークだっ！　ボンヤリしてる暇はない！

寒いけどキニシナイ！　飛び起きて、ちゃっちゃと服を着る。走り込んで練兵棟に行く。

練兵場に着くなり、疑問を振ってみる。今日はエリックがいたので、都合が良かった。

エリックは私が幼い頃から私に仕えてる男だ。子供の頃から私が調教しているワンレンイケメンなドＭである。

「エリック、ふんどしたいって何？」

私の前に跪《ひざまず》き頭を下げている姿は、すでに見慣れたものだ。

「はっ！　エリーゼ様の犬のみで作られた、私の部下です！　全員、ふんどし着用でエリーゼ様のためだけに存在しているエリーゼ様の護衛です！」

あー……やっぱり、そうなんだ……それにしても犬って……

「じゃあ、全員呼んで」

「はっ！　ただ今！」

エリックは即答し、練兵場からダッシュで消えた。早いなー！

…………ダダダダ…………

凄《すさ》まじい足音がしたと思ったら、ふんどし姿の男たち（なぜか全員イケメンだった）が現れた！

全員若いしイケメンなのに……なんてこったい。

私の前にエリックが立ち、その後ろに五人ずつ五列ピシッと立ってます。

「貴方たちに伝えねばならないことがあります。心して聞いてください」

「「「はっ！」」」

一糸乱れぬとは、このことか……きちんと訓練しているようだ。

「私はどうやら、貴方たち全員をテイムしているようです。で、私の特殊能力が昨夜分かったのですが……私がテイムしている者たちは、その特殊能力で特別な空間に移住させることができます」

かなり突拍子もない話だけど…………こんなこと言って、分かるのかな？

「「「おぉぉ～！　素晴らしい！　さすがエリーゼ様だ!!」」」

うん、心配ご無用だったようです。

あっ、でも移住させても、外に出すときとかどうするんだろう？　そこんとこ、ちゃんと確認するべきだった！

「ちょっと確認」

ステータス画面を呼び出し、八丈島のアイコンをタップすると島の全体図が出る。

ログハウスをタップして、確認作業に入る。

〈島に移住させますか？〉
ユキ
エリック
大ルリ鳥　２　（名前をつけてください）
ふんどしたい　25

まずはエリックに行ってもらおう。

「エリック、試すようで申し訳ないのだけど、一人で先に行ってちょうだい」

「仰《おお》せのままに」

エリックは恭《うやうや》しく頭《こうべ》を垂れた。私は一つ頷いて、エリックの名前をタップする。

次の瞬間、シュンッとエリックの姿が目の前から消えた。画面を見ると、島の中で小っさいフィギュアみたいなのがちょこまか動いている。

そして、画面上に新たな注釈が現れた。


〈エリックを移住登録しますか？〉
＊移住登録してもマスターの任意で島と外界のどちらかを選べます。
また、登録すると外界で消滅する前に島に戻されます。


「エリックを登録」

ごめんね、エリック。本当に何もかも、捧げてもらっちゃうことになった。

〈エリックの移住登録がすみました〉

『エリーゼ様！　ありがとうございます！』

すると、画面上にエリックの言葉が浮かんで流れた。

まさか、エリック本人のメッセージが表示されてくるとはね（笑）

まるで二〇動のようだわ。小っさいフィギュアみたいなのが、バンザイしまくってる。なんというか……可愛い！

「エリック、出てきて」

ものは試しと声に出して言ってみる。シュンッと元いた場所に、エリックが嬉しそうな顔で立っていた。なるほど……思ったより都合がいい仕様なのね。

「素晴らしいです！」

大興奮のエリックは私にそう述べ、ふんどしたいに近づくと小声で何やらゴソゴソ説明してる。

「「私たちも、お願いいたします！」」

……私は、『ふんどしたい25』も無事、移住登録しました。

ドッと疲れましたが、これでエリックとふんどしたいは、いざというときに島で暮らすことができます。とりあえず……

「ふんどしたい、解散！　駆け足で戻れ！」

私の鋭い一言で、彼らは駆け足で練兵場から消えました。

「エリック、今日はありがとう。いつも通りではないけど、今日はこれで終了よ」

時間押してるから、終わり！　犬よ、すまない！

「いいえ。エリーゼ様、私、今日という日を忘れません。本当にありがとうございます」

いつもより真摯な表情を浮かべるエリックに頷き、私は練兵場から出るべく身を翻《ひるがえ》した。

「昼から旅よ、よろしく頼んだわよ」

そう言い捨て、私は練兵棟から出て行く。

次は鳥だ！　ダッシュだＧＯ！　ダッシュだ！　ダッシュだ！　ＧＯ！　ＧＯ！　ＧＯ！　ＧＯ！

練兵棟からダッシュで自室に戻る。当然ジャンプです。毎日やってるから、お手のものだ！

そして……来ました！

――ギィヤアアアアアアアアア
――グアアアアアアアアアアア
相変わらず断末魔《だんまつま》の叫びのような鳴き声です。よし……スキル『鑑定眼』を使ってみます！

大ルリ鳥
レベル：2
若い番《つがい》　九歳
テイムずみ
＊名前をつけてください。

………………やはり、そうですか。名前ねぇ……青くて綺麗な鳥…………

「オスがソラ。メスがルリ」

〈マスター！　ナマエ、ウレシイ！〉

〈マスター！　アリガトウ！〉

おっ！　あの断末魔《だんまつま》の叫びじゃない、ハープが奏でる音のような美しい声が頭に響いてくる。

よし、ちゃちゃちゃっと説明していこう！

「ソラ、ルリ。ちゃんと聞いてね。私、今日の昼すぎに領地に向けて旅立つの。でね、貴方たちを、私の特別な空間にある島に移住させることができるの。私はソラとルリを移住させたい」

〈ウレシイ！　マスタートイッショ！〉

〈ウレシイ！　ワタシ、イク！〉

「良かった。じゃあ、ソラ、ルリ、これからよろしくね」

大きな羽をはばたかせて、喜びをあらわにするソラとルリ。私は笑みを浮かべながら「ステータス」と口にした。

現れた島のアイコンをタップし、じゃんじゃん移住準備を進める。

あっという間に彼らを島に移住させた。島のログハウスの屋根にとまる二羽の大ルリ鳥。キラキラと輝く青い鳥（ミニチュアっぽい）は、可愛くて素敵だった。

〈マスター！　ステキナトコ！〉

〈マスター！　ワタシ、シアワセ！〉

これで島が賑《にぎ》やかになるかな～。

ちらりと畑に目をやる。うーん、やっぱり作物ごとに収穫時間が違うみたい。

ジャガイモはできてるから、収穫して、無限収納内をジャガイモ地獄にするか……リアル畑じゃできない荒技よ！　芋類の腹持ちの良さは大事！

煮て良し！　焼いて良し！　蒸かして良し！　揚げて良し！　の万能野菜。

でも旅の最中に揚げ物は無理だから、焼くか煮るか蒸かすかだけど……肉じゃがは絶対作る！

なぜだって？　そんなの決まってる、私が食べたいから！　おっと、ボンヤリしてる暇はねぇ！

さっさとシャワー浴びて、支度し直したら厨房へGOだ！　時間は限られてる！

ランチメニューは決まってるから、考える手間はない！　ラッキー！

はいっ！　厨房前です！　えっ？　シャワーシーン飛ばしたな！　ですって（笑）当たり前です。必要ですか？　必要ないですよね！

「おっ！　お嬢、おはようございます。えらい早いですね」

はい、料理長来たぁ！　私の心の友です！　もはやいないと困るデカくてゴツいパッと見、土木関係者っぽい料理長です！　ツイテル！　今日の私、きっと何かがツイてる！

「さっそくだけど、食材と調味料……それに鍋！　大きいと嬉しいわ。それを頼めるだけ頼んでちょうだい」

私の頼みに料理長は呆れ顔です。分かります、言いたいことくらい。

「頼んでも、持って行けねぇと……」

「大丈夫！　好きなだけ持って行けるから！」

全力で反論！

「持っていく荷物は、あらかた先発隊が持って行ったでしょう。あとは旅に必要なものばかりで、なるべく荷物は少なくってのも分かるの。でもね……料理長……私、たくさん荷物持てるのよ（ニヤリ）」

キョロキョロと辺りを見回して、料理長に小声で囁《ささや》く。

「無限収納っていう、生き物以外、なんでもどれだけでも仕舞っておける特別な力が分かったのよ……」

料理長は大きく目を見開き、それはもう蚊《か》の鳴くような声で「本当ならスゲェ」って言いました。

なので再度、囁《ささや》きます。

「ジャガイモ、この間の量の分入ってるわよ」

ガクリと膝から崩れ落ちました。料理長が。

「分かりやした。目いっぱい頼んどきます！　よろしくお願いします！　あっ、お嬢！　俺も旅には同行しますんで！」

あら、頼もしい！

「そう、よろしくね！　楽しみだわ！　あと、今日のお昼は鳥ガラ醤油《しょうゆ》スープのラーメンとから揚げよ。ラーメンの具はあっさりとしたチャーシューと刻《きざ》んだネギ、煮玉子と青菜を湯がいたものでお願い。から揚げはニンニクとショウガの摺《す》り下ろしたものに、醤油《しょうゆ》と蜂蜜《はちみつ》を少し入れた漬け汁に漬け込んでおいてちょうだい」

「畏《かしこ》まりました」

これだけで、伝わるのがありがたい。

「今からトムじいのところに行って、頼みごとをしたら厨房に戻るから」

「お待ちしております。お気をつけて！」

阿吽《あうん》の呼吸ってこれかしら？　とにかく、食材などの発注はかけてくれるでしょう。

はっ！　いけない！　厨房を覗いて叫ぶ。

「料理長！　酒もよ！」

「ガッテン！」

これでヨシ！　酒は調味料としても使えるからね！　次はトムじい！

トムじいはこの王都の邸《やしき》の庭師長です。領地の邸《やしき》に双子の庭師がいる腕っこきのお爺《じい》ちゃんです。

ダッシュで移動！　秘密の畑にはいません。まだ、朝早いからかしら？

うーん？　トムじいの作業小屋に行ってみるか。またもや、ダッシュでGO！　です。

「いたぁ！　トムじい!!」

作業小屋の前で、トムじいが何かを出してました。

「トムじい、おはよう！」

振り返って、しわ深い顔でくしゃっとした笑顔を見せてくれます。

「おーぅ、嬢様！　おはようございます。こんな朝早くにどうなさった」

トコトコと近づいて、トムじいが出していた荷物を見てみる。

「うん、こっちで収穫したものとかトムじいが取っておいてくれたものを、持てるだけ持って行こうと思って」

トムじいはさっき出していた荷物を見た。小さい箱だ。

「あんまり嵩張《かさば》るもんは持っていけんと聞いたで……せめてこれだけでもと……」

トムじい……嬉しいけどミカン箱一個とか、私的に無理！

「トムじい！　ありがとう！　でもね、私はたくさんの荷物運べるから。持って行けるだけ持って行く。……とりあえず、これもらうね。この箱一個、無限収納にイン」

――ヒュンッ
〈無限収納にトムじいの箱　1　入りました〉

「はい、収納完了！　ありがとう、トムじい」

トムじいは箱のあった場所を見て、プルプル震えてます。

「嬢様……一体、どこに……」

「うーん？　たぶん、こう……見えない空間があって、そこに入れた……みたいな？」

説明できないなぁ……そんな難しいことは、分からないよ……

「どれだけ入りますか？　持たせたいものは小屋にたくさんあるんじゃ……」

「どれだけでも、入るわよ」

パァァァァァとトムじいの顔が輝いた。嬉しいのね。

トコトコと小屋の中に進み、荷物がギッシリ積まれてる棚の前に来た。

「小屋のこっちの棚に積んであるものを嬢様に持たせたかったんじゃ。この間の荷馬車には、載せられんと言われたからの……」

そう言って、トムじいは寂しそうに肩を落とす。そうか……トムじい的には、残念な出来事だったのね……良い！　持って行こう！

「これ、全部いいの？」

そう聞いた私に大きく頷き、こちらをキラキラした目で見つめてくる。トムじい、期待してるのね……ならば期待に応えよう！

「目の前にある棚の中の荷物を、全部無限収納にイン！」

ポポポポポンッと棚にギッシリあった荷物が消えた。

〈小豆《あずき》　5キロ入り袋　30〉

〈大豆《だいず》　5キロ入り袋　40〉
〈ギンナン　5キロ入り袋　3〉
〈ガラの実（三種）　各10キロ入り袋　各10〉
〈ナガイモ　5キロ入り袋　5〉
〈干しシイタケ　5キロ入り袋　50〉
〈いんげん豆　5キロ入り袋　20〉
〈干し柿　5キロ入り袋　60〉
〈わさび根　5キロ入り袋　2〉
〈サトイモ　5キロ入り袋　80〉
〈黒豆　5キロ入り袋　6〉

次々と表示されました！　なんと、豆類がたくさん！

「トムじい……なんか、豆類結構あるんだけど……」

トムじいは頭をボリボリと掻《か》いて、ちょっとだけ困った顔をした。

「何か、育て方が悪かったんじゃろ。大して美味くなくてなぁ……じゃから、わしがこっそり取っておいたんじゃが……」

「いいのよ。私はとても嬉しいわ。急がせてごめんなさい。今から、庭仕事よね？　私、厨房に行かなくっちゃ！　また、あとでねトムじい！」

そう言ってダッシュで走り去り、人目につかない場所にコソッと隠れ八丈島の画面にすると、収穫を催促するメッセが出たので収穫した。

まだ、レベルアップしないのか……ジャガイモの種を全面にまいて、ジャガイモを増やすことに決めた。

私は新たな素敵食材を手に入れた！　厨房にダッシュだ！　領地に帰る準備？　そんなのすんでる！

ドレスとかお飾りとかそれに合わせた靴も、送った！　残ってるドレスはこっちに来たとき用。普段着よろしく、着まくってるシャツやら何やらは、専属侍女のアニスに任せてある。

私専用の馬車の物入れには武器（両刃の片手剣と双剣）と、防具（ワイバーンの皮を真っ黒に染めて作った革鎧《よろい》と材料の分からない金属製の丸盾）が入れられている。私の希望だ!!

同乗するアニスの武器は弓でした。

……馬車……家族全員、一人一台ずつあるわけだけど……さらに使用人たちが乗る馬車と荷馬車となかなかの大所帯での旅。これに護衛の騎馬隊がついて……大名行列やん！　歩きはいないらしいけど。

……ルーク殿下って、馬に乗ってきたのかな？　どうなんだろう？　……まぁ、いいか！　あとで分かるでしょ！

ちなみにルーク殿下は隣国であるゴルゴダ帝国の皇子様だ。ひょんなことで私と同じ転生者であることが判明。縁あって？　一緒にシュバルツバルト領に行くことになった。

あっという間に厨房前に到・着！

「あっ！　お嬢、頼めるだけ頼んでおきやしたぜ！　ひょっとして、朝食もお作りになるんで？」

「あぁ、そうね。朝食は任せるわ。ちょっと、作りたいものがあるから隅の方を借りるわね」

我が家の厨房は広くてよ！　まぁ、夜会とか開くんだから当然と言えば当然なのだけど。

…………晩餐《ばんさん》会も開くしね…………料理人、ウチは男性が半数以上なのよね。

この世界、伯爵家くらいだと使用人はほとんど女性らしいのだけど、さすがに大人数を呼ぶ回数が多い公《おおやけ》・侯爵家では男性がたくさんいないと回らないのだ。王宮はほとんど男性らしいですよ。らしいってことだけで、使用人区域に近寄ることもできないから良く分からないのよね。

「お嬢、隅の方の支度ができました。もう使えますぜ」

「ありがとう」

使える状態にしてもらえないとね！　よぉし！　小豆《あずき》煮るぜ！

「小豆《あずき》一袋出して」

ステータス画面に向けて呟くと、私の腕の中に小豆《あずき》一袋がポスンと出てきた。

「砂糖をよろしくね」

ちょっと大声で言えば、誰かが出してくれる。小豆《あずき》を洗って……と。

「待ってくれ！　お嬢、今どこからそれ出したんですか？」

そのとき、そばでこちらの様子を窺《うかが》っていた料理長が目を大きく見開いて、話しかけてきた。

あれ？

「料理長、私……荷物持てるって今朝話したわよね？」

「あっ……あぁ…………」

びっくり顔でガクガクと頷いた。ちょっと、面白い。

「さっきトムじいのところから、もらってきたの。それを必要な分だけ出したのよ」

「すげぇ……」

「さ、そんなことより料理長は朝食作るんでしょ。私はこれで作りたいものがあるのよ」

「はっ！　はいっ！」

アーンコアンコー！　さぁ！　久しぶりのアンコ作り。上手にできるかな？

紅茶にアンコかぁ……大丈夫だと思うけど、それだけってなぁ……

パンケーキ的なやつに挟んだらどうだろう？　……どら焼き……？

ちょっと待てよ……今日の午前のお茶請《う》けと使用人たちの試食分を小鍋に移して。

それ以外はぜんざいにしよう！　餅《もち》のかわりに、練った小麦粉を平べったい……ニョッキっぽいやつにして茹でて投入して……鍋ごと無限収納に入れてしまえば、旅の最中のいいおやつになるじゃん！　ナイスアイデア！

「料理長！　この鍋、もらっていいかしら？」

「構いやせんぜ！」

「ありがとう！　旅に持って行くから！」

これで良し！　あとは作って、収納するだけ！　イエーイ！

はい、できた！

間、飛ばしたな！　って長いんだもん、飛ばすよ。ちゃんとアク取りもしたし、美味しいアンコができましたよ。ぜんざいに餅《もち》……というより団子？　すいとん？　的なのも作って投入したし。小っさいパンケーキみたいなのもたくさん作ってもらったし（私一人じゃ無理があります。なので、作ってもらいました）。

今から魅惑の試食タイムです。料理長をはじめ、厨房内はソワソワしてます。

「まずはこのアンコを挟んだものを試食しましょう。料理長、こぅ……十字に切って四つにしてちょうだい」

コクンと頷いて、カットしていく料理長。四分割されたどら焼きもどきがいくつもできる。

人数分できたところで、それぞれに紅茶が配られる。しょっちゅうやらかしてるので、皆慣れたものだ。

「皆、紅茶は行き渡ったかしら？　では、少ないけど試食しましょう」

そう言って、一口大になったどら焼きもどきを手に取る。

あぁ……つぶつぶアンコ……パクッと口の中に放り込む。口の中に広がる、アンコの柔らかい甘さ。これ！　これよ！　ん〜！　涙出そう！　幸せ！

紅茶を一口飲む、あぁ……ホロリと口の中で甘さが解けていくようだわ……

「美味ぇ……お嬢……なんて美味いもん作るんだ……」

料理長の両目から、透明な液体がっ!!　いい年した男が、どら焼きもどきで泣くなよ！

……あれ？　他にもなんか同じように泣いてる奴いるやん……これからぜんざいの試食もあるのに。

口々に、美味しいとか食べやすいとかボソボソ言ってるのが聞こえる。新しい甘味だからね！

「さて、皆食べ終わったかしら？　次はこちらを試食しましょう」

ぜんざいの鍋は、すでに持ってくやつは収納しました！

試食分は小鍋に移して、ちょっと冷ました。いい感じの温度になりつつあります。カップにちょっとずつ入れて回してもらいます。

ティースプーンも回してもらいますが、皆のこの不安と期待の入り混じった顔！　どんな顔になるのかな〜（笑）

「さ、試食しましょう。スープみたいなものよ」

小豆《あずき》を掬《すく》って、食べてみる。うん、ちょうどいい甘さ。次に汁ごと掬《すく》って、口の中に入れる。

「ん〜！　美味し〜い！」

温かいうちに食べきっちゃおう！　カップに口をつけて、口の中に流し込む。

ちょっとだけだから、大丈夫！

「甘～い！　温まる～！」

気が付けば、皆……同じようにしてました。

「美味ぇ！　美味ぇよ！　お嬢～！」

料理長が泣きながら叫びました。ムサイですね。でも……他の料理人もびっくり顔でカップを見つめてました。あ～体がポカポカしてきたなぁ。

アンコに気を取られすぎた……小豆《あずき》、増やせないかな？　島の畑で種まけないかな……

「料理長、あとはよろしく」

「へい、承知いたしやした」

ここで色々しでかすのは、ツライ……どこか……サロンにでも行くか……

朝食まで、もう少し時間がかかるだろうから……カツカツと大股の早歩きです。

ドレスじゃないから、許されます。そろっとサロンに入室！　無人です。

さっそく八丈島にアクセスです。……ジャガイモの成長早いです。

収穫して、無限収納に収納です。

まだレベルアップしないのか……とりあえず種まきです。

うーん？　小豆《あずき》って種まきできないのかな？　試す！　色々試す！

そうだ、小豆《あずき》一袋を島に移して……畑に種まき……できたぁ！　収納先を変更するといいんだな！　よぉーし！　それぞれ一袋ずつ収納先を島にして……と、どのくらい時間がかかるか分からないからちょっとずつにしよう。

……イチゴ食べたい……アンコと一緒に食べちゃおうかなぁ……でも、まだ収穫できない。

やっぱり時間かかるか……ジャガイモとは違うな！　だが、私の勘が訴える！

小豆《あずき》は必ず足りなくなる！　と（笑）

だから、小豆《あずき》の種をまこう！　でも一面だけ長芋の種もまこう。トロロとかは無理でも、長芋短冊とか食べれるじゃん！　醤油《しょうゆ》もわさびもあるし、領地に帰ったら魚と一緒に丼とかにするんだ！

カルパッチョとかも食べたいけど、寄せ鍋とかも食べたいんや！

よし、まき終わった。これでしばらくしたら何かできるでしょ。

それにしても…………この世界ってカニはいないのかな？　図鑑にも載ってなかったんだよね……エビはあったのになぁ……お魚……さてと、食堂行くか。朝食を食べたら、再度厨房に行って色々しないとね！　そろ～り……サロン脱出！

フンフン♪　鼻歌交じりに進むと、トールお兄様と側近のフレイ…………が…………いるけど……なんて言うか……こう……当てられる感がすごい。クラクラしそうな甘～い雰囲気が二人の間に流れている。

トールお兄様は、私の二番目のお兄様です。

そうですね、見た目はお母様似の優しげなイケメンですのよ。

フレイはその側近。オレンジ色の巻き毛が印象的な、やっぱりイケメンです。

……昨日の夜、何があったの？　そりゃあ、トールお兄様とフレイがイチャラブなのは良く知ってますけど！

「甘い時間を過ごしたようですね」

ふいに背後から話しかけられた。

びくーんっ！　だっ！　誰！　……って、ソニア……？　フレイの奥さん……だよね？　普段はお母様の後ろにいるからアレだけど、お母様の三人の専属侍女のうちの一人なのよね。

ニコッと笑った顔は可愛いのです。お人形さんのようです。

でも、自分の夫が他の男性と関係を持っているというのに、この笑顔……

「な……んで……」

「愛しているからです。あの人が甘ったれた顔して甘えるのはトール様だけですから。私、あの顔が良くて婚姻を申し込んだのです……他にもありますけどね……」

何も言わなくてもサッと理解されました。それにしても意外でした。まさか妻公認とは。

「そう……ソニアの愛はちょっと特殊なのね」

あぁぁ！　私のバカァ！　特殊とか!?　ニコッとソニアが笑って……

「私にはフェリシア様がいる。フレイにトール様がいるように。だから、いいのです」

「そっか……そうなのね……」

フェリシア様とは私のお母様のことで、侍女はお母様を『フェリシア様』って言うのよね……

私はソニアを見てから、トールお兄様を見た。ソニアも私を見てから、フレイを見た。

「私たちは敬愛する主もいて、愛する家族もいる。たくさんの給金に豊かな食事。いずれ子供ができても、邸《やしき》で見てもらえる。とても恵まれていますし、幸せですわ」

「そうなのね」

「だからエリーゼ様、心配無用です」

「分かったわ」

私たちがしゃべっているのに気が付いた二人が、こちらに近づいてくる。私が思うより、幸せなのかもしれない。穏やかに微笑みを交わすフレイとソニアを見て、そう思った。

「おはよう、エリーゼ。こんなところにいるなんて、珍しいね」

トールお兄様が私に向かってニコッと笑った。フンワリした、いつもの雰囲気です。さっきまでの甘～い雰囲気が吹き飛んでます。フレイもいつものチャラい雰囲気です。

「トールお兄様……私、実は新しい力に目覚めましたの。ですから、いつもと違うことをしていましたの」

あっ！　ちょっとだけトールお兄様がキリッとしました！　キリッとすると、いきなりイケメン度が跳ね上がります。

「新しい力だって？　教えてもらえるかい？　エリーゼ」

声のトーンも少しだけ落ちるのですね。

いえ、昨夜夜会から帰った後、夜食として食べたラーメンのトッピングのありさま……チャーシューで蓋《ふた》をするという暴挙でオコになったときの、ビックリするほど低いトーンには本気で驚きましたけど（笑）

「はい、トールお兄様。実は……私……生きていないものならば結構持ち運べる力があるようなんです」

「まさかっ！　エリーゼ様、それは無限収納ではっ⁉」

ソニアよ……いきなり正解とか、すごかろう……てか、ビックリしたわ。

「無限収納？」

トールお兄様はキョトーンです。フレイも言わずもがなです。

ソニアだけが、正解をフライングで言い放ちました。これは……知ってるな！　なーんでかな？

「うん。ソニア……当たってるけど、どうして分かったのかな？　気になるわ」

逃がしゃしねぇぞ……答・え・ろ！

……うん？　どうした？　両手を胸の前で組んで……ハハッ、まるで祈っているかのようだな！

「エリーゼ様……素晴らしいお力に目覚められたのですね……」

ヤベェ……こいつはなんかヤベェ予感しかしねぇぞ……

「我らシルヴァニアの偉大なるご先祖様が持ち得たお力……度々そのお力を持つ者もおりました。エリーゼ様がそのお力を授《さず》かってらしたなんて……はっ！　こうしてはいられませんわ、フェリシア様にご報告せねば！」

「えっ！　ちょっと待ってぇ！」

はっや！　もうフェードアウトしかかってる！

「ソニアっ！」

「失礼いたしま………」

あー！　遠いーーーー！　語尾が聞き取れなかった……これはお母様から、何か言われる！　確実にっ！

すんごい勢いで一礼したまま、音も立てずに後ずさり（高速）してくとか……恐るべし、シルヴァニア家……いや、お母様の実家から連れてきた侍女だし……触れてはイケない何かがあることだけは分かってますけど。

「エリーゼ、その無限収納って……」

やだ！　私ったら、トールお兄様とフレイの存在忘れてた（笑）

「えっ……ええ、生きてさえいなければ、何をどれだけでも運べる力ですわ」

キョトーンのままトールお兄様が、私を見つめています。もう少し説明せよってことですね。

「目に見えない部屋みたいなものがあって、そこに自由自在にものを入れたり出したりできる力ですわ。もちろん、好きなだけ入れられるのですわ」

これで伝わるかしら？

「それは……すごいな……生きてさえいなければということならば、食料はもちろんのこと衣服や武器もか……」

なんとなく、トールお兄様が考えてることが分かります。武器とか言っちゃったらダメです。

「その通りですわ。大勢の人間に必要なものを持って歩ける力ですわ。私、一人で……です」

トールお兄様のお顔が強張《こわば》ってます。でもね、トールお兄様……私、それだけじゃあーりませんの。八丈島もテイムもスキルも、チートすぎてビックリすること請《う》け合いですわ。

だから、そんな難しいお顔しないで。

「トールお兄様、お話は後ほどいたしましょう。私、お腹が空きましたわ」

朝ごはん食べよう！　お腹空いてたら、いい考えなんてできませんわよ。

「あ……あぁ、すまない。食堂に行こうか」

トールお兄様、お顔……強張《こわば》ったままですわ。フレイもつられてるじゃん。ハァと軽い溜息をつき、歩き出す。

……トールお兄様とフレイが何やら、コソコソと小声でやり取りしながら後ろを歩いてます。

聞こうと思えば聞けるんだぞ！　聞かないけど！　それよりも、お母様だな……問題はそこだ！

何を言われるか、だ！　無茶なことは言わないだろうけど、予想がつかないや。いや、だが待て！

こんなときこそ、賄賂《わいろ》なり！

私には、アンコがある……これで、イチゴができれば……お母様に怒られない！　ヤッター!!

我ながら、ナイスアイデアなり！　イチゴ大福にはならないけど、イチゴの甘酸っぱさとアンコの優しい甘さがお母様の怒りを優しく溶かしてくれる！　…………はず…………たぶん………

便利な引っ越し屋さん的な扱いになるかもしれないけど、それはそれで仕方ないか。

「ちょっ……ダメだって……！」

何やってる！　後ろぉ!!　ガッと振り向いたら、お兄様とフレイが深いキスをしてました。

あのー……廊下のど真ん中でやることじゃないですよねー？　当てられるより呆れてる私ガイル。

「んっ……ハァ……ッ……」

なんか艶っぽいな、フレイさんよ……そしてトールお兄様、してやったり！　な、お顔とか勘弁ですよ。

「トールお兄様……そんなことは、自室でやってくださいませ」

じとーん……と睨んじゃいましたよ。

「ハハハ……エリーゼが難しい顔して歩いてるからだよ」

は？　それだけで、やる？　ディープキスとか、やる？　……これは……嘘だ！　やりたかっただけに違いない！

「嘘つけ！」

フレイがツッコミました！　良し！　良く言ったフレイ！

「まぁね、フレイが可愛くてやった。驚いた顔も可愛いな」

爽やかな笑顔で、何を言っちゃうのかなトールお兄様は！　照れ照れになったフレイも可愛いな！　畜生《ちくしょう》！　我が家は美形率が高いから、目の保養にはなるけど……なんか、新鮮だなぁ……こんな、やり取り初めてかも。

「じゃれ合うのも結構ですが、私はお腹が空きました」

トールお兄様はフレイの頭をワシャワシャと撫でながら笑ってます。

「あぁ、ゴメンゴメン。こんな風にじゃれ合えるのは今くらいだけだよ。朝食がすんだら最終確認をしなきゃいけないからね」

「そうですね。なんとか昼までに準備を終えて、昼食後すぐに出る予定ですからね。遊んでる暇はありませんよ」

そうか……そうだよね。残ってる私の荷物は、部屋でガンガン収納しちゃおう！

「さ、行こうか。エリーゼ……あんまり考え込まなくていいよ」

ポンッと軽く肩を抱かれ、歩き出す。あーあ、軽くこんな風にできちゃうとか……これで、身持ちが固いんだから卑怯《ひきょう》よねぇ……

トールお兄様に肩を抱かれながら着いた食堂には、まだ誰も来ていなかった。

「一番乗りだね」

「そうですね」

あれ？　なんかトールお兄様の声のトーンが落ちてる？

不思議に思って眺めていると、トールお兄様が私を真っすぐに見つめた。そしてポンッと私の肩に手を置く。

「エリーゼ、たぶん新しい力のことはあれこれ聞かれるだろう。でもね、俺はエリーゼの味方だよ……それは忘れないでほしい。エリーゼが嫌だと一言言ってくれれば、俺は父上と闘うことになっても構わない」

………トールお兄様、キメ顔で………

「お母様とは闘わないのですね」

「それは無理。俺は父上が限界」

バレた〜ってお顔で言ってもダメです。

………お母様と闘うとか、私だって無理ですわ。

「大丈夫ですよ、トールお兄様。きっとお母様も私の味方ですわ。それに……武器も防具も魔道具も、目いっぱい収納して持ち歩けるって……私一人で荷馬車何台分持ち歩けるのかしらね……フフフ……」

ジッとトールお兄様を見つめてみます。徐々に引き攣《つ》ってくるトールお兄様のお顔（笑）

「そ……れは……それは恐ろしいな！　エリーゼは体力あるし、武器の扱いと確か……魔法もすごいって聞いてるよ」

トールお兄様ったら。

「まぁ、そんなことありませんわ。実戦使用したわけではありませんもの」

たかが学園でちょろっとやった程度で噂になるとか、暇すぎるでしょ、学生ども。

「いや、すごいと思うよ。エリーゼは度胸があるからね……たぶん、魔物に対峙したとしても闘えるだろう」

やだ、トールお兄様ったら。こんなに可愛い妹をつかまえて。

「そうでしょうか？」

「ユキをただの子犬だと思ってたとはいえ、大きさが結構あるのに押さえ込むとか……我が妹は怖いもの知らずか！　とあのとき思った」

……要らんこと思い出すなや！　まあ、白い子犬だと思ってたら実は魔物だったなんて知らなかったし！　体当たりからの押さえ込みとか、令嬢（幼女？）がすることではなかったね！

「あれは……可愛いワンちゃんが！　って思ったんです！　もぅ、トールお兄様ったら！」

トールお兄様は肩から手を外して、一歩距離を開ける。

「そうだな、ずっとワンちゃんだと思ってたもんな！」

「そうですよ」

クックッと笑うトールお兄様につられて、私もクスクスと笑ってしまう。

「おはよう、二人とも早いな。それになんだか仲良さそうで妬《や》けるな」

「キャスバルお兄様。偶々《たまたま》ですわ。ねぇ、トールお兄様」

キャスバルお兄様、登場です！　朝からなんだかピンクのオーラが見えます！　それに、妬《や》けるってなんですか！

「あぁ、階段を下りたところで会ったんだ。妬《や》けるってなんだよ、兄貴」

お兄様たちは笑顔で近づき、そのままご自分たちの席へと移動しました。美形の兄二人が笑顔でいるって、眼福《がんぷく》！　朝から色々、ごっつぁんです！

普段バラバラに取っている朝食ですが、今日はお兄様たちと一緒です。

私も自分の席に着くと、メイドがやってきて支度をしてくれます。

「失礼いたします」

カチャカチャとお皿が並べられます。野菜いっぱいの鶏ガラスープに焼いた薄いボアの肉、薄切りのパン（やっぱり硬い）、リンゴとブドウ。ちょっと前までは、塩味だらけの食事が今は豊かに！

「美味しそうだわ……」

野菜の出汁《だし》がスープに溶け出して、とっても優しい味になってる。あぁ……イケメンをチラ見しながらの食事とか、ごっつぁんです！

なーんで、お兄様たち、こっちが聞き取れないような小っさい声で囁《ささや》き合ってんの！

しかも、なんか頬染めちゃってさー！　小突き合ったりしてさー！　なんか男って、いくつになってもじゃれ合うよね。

楽しそう……くそ……発動しろ！　デビルイヤー！　古い（笑）

「さっきフレイを見かけたけど、艶々《つやつや》してたな」

「まぁね、母上のおかげかな」

「なんだ、母上に相談してたのか？」

「一番頼りになるのは母上かな？　と思って」

「なるほど、俺は父上に相談かな？」

「なんで？」

「俺の側近のレイが、父上の側近のアレク殿に影響されてな……」

「マズイのか？」

「ある意味な。あれでは、俺の身が持たない」

「そんなに？」

「まぁな」

「なぁ……エリーゼの様子がおかしくないか？」

「……おかしいな」

「兄貴……あの顔は、碌《ろく》でもないことを考えているぞ」

「分かるのか？」

「なんとなく……」

――チッ！　気が付いてやがる。

「エリーゼ!?」

ヤベェ、リアル舌打ちしちゃった。キャスバルお兄様がびっくりしてる。

「今の舌打ち、エリーゼだよね？」

鋭いなトールお兄様は（笑）確実にツッコンで来るね。

「その通りですわ。トールお兄様」

さぁ！　言いたいことあるなら言えやぁ！　私に聞こえないようにブツブツ言ってたの、聞いてたんだぞぅ！

「淑女が舌打ちは感心しないな。理由を聞いても？」

キャスバルお兄様、持ち直しましたか。ホホホ……と笑って誤魔化す。

「私の顔を見て、碌《ろく》でもないとか言われたからですわ！」

「聞こえたのか！」

キャスバルお兄様、聞こえたじゃなくて聴力上げて、聞いた！　の間違いですわ。

「兄貴、違う。エリーゼは聞こえたんじゃなくて聞いたんだと思うよ」

溜息交じりに、トールお兄様がジト目で仰《おっしゃ》いました。

「正解ですわ。なんだか楽しそうでしたから、交ざりたくて聞きましたの」

お兄様たちが顔を見合わせて、ケラケラと笑ってます。分かってますわ。私のつまらない我がままですわ。

「そんなことをしなくても、普通に話しかけて良かったのに」

キャスバルお兄様ったら♡

「エリーゼなら大歓迎だよ」

ホントかな？　本当に？　トールお兄様。

「キャスバルお兄様もトールお兄様も、ありがとうございます」

私はゆっくり食事をしながら、お兄様たちの話を聞いていた。主に惚気《のろけ》話で、当てられました。

ブドウを皮ごと、モギュモギュと食べながら心の中で「甘〜い」と叫びまくりました。

それにしてもキャスバルお兄様の側近レイは、だんだんお父様の側近のアレクに似てきたなぁ……主に色気のたれ流し具合が。

兎《と》に角《かく》、甘い惚気《のろけ》をオカズに朝食を乗り切り……違う！　食べきりました。

飛びそうになる意識をなんとか繋《つな》ぎ止め、早々に食堂から脱出です。

フラフラと外に出ます……お兄様よ……さすがに妹にはキツかったですよ……ある意味、リア充ですよね。

特にキャスバルお兄様、あと一年もしたら帝国からお嫁さん来るのに……そんなにレイとラブラブでなんとかなるんですか？　疑問ですよ。

それに、トールお兄様の妻であるヒルダがね……平然としてるのよね。諦めているのか、それとも達観してるのかしら？　いつも意味深な笑顔を見せるけど。

まぁ、夫婦のことになるから、余計な口出しはできるだけしないように心がけよう。

ハッと我に返り、キョロキョロと周囲を見回す。無の境地だったのかしら？　いつの間にか秘密の畑近くの人工林の散歩道に来てたわ。お兄様たちに当てられたのかしら？　記憶が抜けてるわ。

それにしても所々、色付く木々が植えてあってロマンチックね……誰も来ないけどね（笑）

八丈島をチェックです！

〈イチゴができました。収穫してください〉

〈ダイコンができました。収穫してください〉

よーし！　メッセージ来た～！　さっそく、収穫！　無限収納にイン！

………イチゴが五？　……ダイコンが十？　……ダイコンの大きさで差が出たの？　確かにダイコンは大きいけど、わけが分からない！　同じ五面ずつだったのに……

〈レベルが上がりました。カブ、カボチャ、ナスが解放されました〉

レベルが上がった……けど、解放野菜の前にジャガイモを種まき。小豆《あずき》ができた以上、何かしらの種があれば種まきできる……はず！　ならば、トムじいのとこに行ってテンサイの種をもらう！

そして種まきにトライ！

どれくらい時間がかかるか分からないけど、挑戦する価値はあると思う。リアルより短時間で、できるのは魅力大！　でも、植える一方なのかな？　種をとるとかできないのかな？　種がとれれば、悩まないですむのにな……

「あれ？　嬢様、どうなすった」

あっ！　トムじいが現れた！　じゃなかった。なんて都合のいい……ご都合主義バンザイ！

「トムじい、テンサイの種を少し分けてほしいの」

どうかなー？　あるかなー？　くれるかなー？

「小屋に行けば、たんとあります。持ってきますか？」

あったー！

「行くわ。余分にもらえるなら、嬉しいもの」

こうして、私はトムじいから小さな袋（一リットルサイズかな？）に入ったテンサイの種をもらいました。でも、安心してください！　トムじいはこの倍以上の種をキープしてます！

テンサイの種もゲットした！　ジャガイモ収穫後にテンサイの種まきした……全面はヤバいか？

二面くらいをテンサイにするか。

小豆《あずき》とテンサイで五面、あとはそのときそのときに決めてけばいいか。うん。

そろそろ厨房に一度行って、何か来てれば収納して……自室に戻って収納……あるかな？

よし！　決まった！　厨房に行こう！　ダッシュで使用人出入り口に行きます。

使用人の出入り口近くまで来ました。業者の荷馬車とか、停まってます。

……来てるぅ～！　なんか、いっぱい来てる！

「お嬢！　来てますぜ！」

元気いっぱいの料理長が景気良く教えてくれる。

「毎度あり～！　貴族の皆さんも最近では、買い控えてるのにありがたいこって。どうしたんで？」

どこの人だろう。まあ、何かしらの業者だろうけど、商人トーク炸裂《さくれつ》だね！

「あぁ、今日の昼すぎには主人たちは領地にお帰りなさるんで、その準備でさぁ」

ああ～料理長言っちゃったよ。

「「えっ？」」

その場にいた商人が全員、止まりました。シーンとしてます。

料理長は何一つ変なことは言ってません。

「おい……それは本当かい？」

一番年嵩《としかさ》の商人が聞いてきました。

「あっ……あぁ……本当だ」

商人全員が顔面蒼白です。なんだと言うのでしょう？　ザワザワしてます。

なんとなく聞きたくないので、デビルイヤーはしません。

「なぁ……その……侯爵様たちだけが、行っちまうのか？」

恐る恐る聞いてきます。

そう言えば、どれくらいの人数が領地に帰るのか私も知りません。

「いや。侯爵様一家に上級使用人の皆様、料理人の半数にメイドなどが半数以上。護衛の方々とかなりの人数だな。残るのはお邸《やしき》を維持するため都に住んでる人間のみらしいな。どうした？」

そんなに大所帯で帰るんかい。びっくりしたわ。

料理長の言葉を聞いた商人の一人が、神妙な面持ちで口を開いた。

「なぁ……店を畳んでついて行きたいって言ったら、侯爵様は嫌がるかな？」

え？　王都から出るつもりなの？　道中は危ないよ！

「うーん……どうかな？　聞いてみんとな……ちょっと、待ってくれ」

そう言うと、料理長はスッと厨房の中に入って行ってしまいました。業者全員が寄り集まってボソボソ相談してます。王都はそんなにヤバい感じなんでしょうか？　暮らしにくいとか？　でも、安全が一番だと思うのですよ。

「待たせたな。執事さんに聞いたら、隊列に入っても大丈夫らしい。なんでも寄子《よりこ》貴族も一緒に領都まで行くから、構わないって。店の商品も全部買い取るって話だ」

業者全員が明るい顔になりました。

「本当かい！　税が上がるらしいし、商品も売れなくなってきてて どこかに身を寄せようと考えてたんだ。侯爵様はいつでも、たっぷり買ってくれるし、隊列に加えてもらえるなら大助かりだ！

王都より侯爵領の方が景気が良いらしいしな。ありがたい！　家族でずっと相談してたんだ、俺は侯爵様について行くぜ！　商品全部持ってくるよ！　よろしく伝えてくれ！」

商人は一気に捲《まく》し立てて荷馬車と共に去って行きました。

それを見ていた他の商人たちも、頷き合い料理長のそばに寄って行きました。

「うちもよろしく頼む」

「うちもだ、その……頼むよ」

「悪いが、うちもよろしく頼む」

次々と商人たちが申し出てきました。商人一家が複数加わるようです。

「おう、伝えておく。急いでくれ」

商人たちは頷き、荷馬車と共に去って行きました。商品の配達と荷造りとか、大変です。でも、そんなに王都での暮らしがヤバ目になるとは……マズくない？

「お嬢、荷物来ましたぜ」

料理長がいい笑顔で私を見てます。山盛りの荷物の前に移動します。

「荷物の山、収納」

シュンと一瞬で消えました。そして無限収納にズラズラッと入りました。

「スゲェ……」

そうだね、すごいね。でもね、料理長……さらにすごいのは、収納先で分類されて、量も明記されてることだよ。仕分け作業の手間がないって、すごいんですよ。

チートというより、便利機能満載。

そんな私のスキルだけど、八丈島の農作物の収穫のタイミングが分からなくて残念。

何かお知らせのアナウンスとか、メッセージを教えるアイコンとかないものなのか……

〈マイ・アイランドのアイコンの右上にメッセージ告知ランプを表示いたします〉

ワァオ！　いきなり、ウィンドウが開いてありがたいメッセージ来たワァ！

そしてピコピコ光るアイコンの右上！　もはや、料理長がいてもキニシナイ！

スッスッと手を動かして、八丈島を見る。

〈ジャガイモができました。収穫してください〉

ジャガイモ……早くて、腹持ちのいい芋……安定の収穫からの無限収納……

そしてお知らせランプ……ありがとう。これで、効率良くなる！

テンサイを八面に種まきして、残り二面……どうするかな。キャベツの種をまくか……これで良し。とりあえず、これで島はいいや。

「お嬢？　何してるんで？」

「んー？　ちょっとした畑仕事よ」

ん？　アレ？　今、話しかけられた？　……傍から見たら不審な動きよね。

「え？」

「え？」

思わず、料理長と顔をまじまじと見合わせてしまいました。

「気にしないで」

「はあ……」

首を捻《ひね》りながら、料理長は中に戻って行きました。間違ってないけど、ペロッと答えちゃったわ。

――ゾクゥ!!

え？　何。今の悪寒《おかん》……まさか、オカンなの？

じゃなくてね、お母様が……？　どこ、どこから………

研《と》ぎ澄ませ！　私のシックスセンス!!　そこかぁ！

振り返れば……アニスがいた！　柱の後ろから涙目で私を見てました。私の専属侍女で一コ下のふんわり雰囲気の可愛い侍女です！

「えーと……アニス。どうしたのかなー？」

そぉっとそぉっと、近寄ります。野生動物か野良猫のような雰囲気を醸《かも》し出してるアニスに、急には近寄れません。

「エリーゼ様ぁ……なんで……お部屋に戻らずに朝食にぃ？」

しまったぁ！　私が朝食取ってる間にアニスに朝食取らせなきゃいけなかった！

ヤバーい！　それは泣いちゃう！

「ごめん、アニス！　今から朝食取ってきて！　本当にごめん！　お詫《わ》びにアニスのお願いなんでも聞くから！」

パアァァァとアニスの顔が輝きました……そして私の背筋がサァァァァァと凍《こお》りました!!　どうやら、まずいことを口走ったようです。

「絶対ですよ！　エリーゼ様！　じゃあ、朝食行ってきます！」

アニスは元気良く笑顔で走り去って行きました。

ずっと私を支えてくれてるし、この先もずっと支えてくれるだろうアニスのお願いだもの。どんなお願いでも受け止めないとな……でも、できれば叶えやすいお願いだと嬉しい……あー……でも分かんないなぁ……

まあ、領地に帰ってから考えればいっか。

それにアニスのお母さんのエミリ（お母様の専属侍女筆頭で、お母様とは小さい頃からのお付き合いなんですって）に聞いてきてもいいし……場合によってはお母様にも聞いてもらって……うん、悩んでもしょうがない！　時間もったいないや!!

お母様のところに行くか……いや、ひょっとしたら食堂にいるかな？

どちらにしても、お母様とはちょっと話し合わないとな……てくてく歩いて食堂に向かう。

扉は閉まっている！　気配は……感じる！　お父様かな？　うーん？　お父様だけだと、面倒。え？　父親に冷たい？　そんなの年頃の娘なら、良くあることよ！　ってわけじゃなくってよ。

単純に今は、お父様じゃなくてお母様に会いたいだけ。お母様の部屋に向かうか……そろそろと気配を消して歩き出します……

バァァアン!!

「エリーゼ！　我が愛しの娘よ！　おはよう！」

食堂の扉を思い切り開けて、お父様が現れました。侯爵の威厳を微塵《みじん》も感じられません。格好いいんですけどね。それにしても今日はハイテンションだなー（棒）

昨日のラーメンが効いてるのか、別の理由か……ご機嫌すぎて、こっちのテンションが下がる。

私の気配を察知して、やってくるとかお父様怖いです。

「おはようございます、お父様。何かいいことでもございましたか？」

「分かるのかい！　さすが私の娘だ！」

ヤベェ……いつもの渋格好いいお父様はどこ行った！

妙に艶テカな笑顔……お母様と……？　……違うな！　アレクとお楽しみだったとか？

「昨晩はアレクとご一緒でしたか？」

「分かるのかい？」

分からんけど、なんかいつもと違う……フルフルと首を横に振り、分かりませんアピールをしておく。

「いえ……お父様、いつもと違ってらっしゃるから……」

「やっと、帰れるからね！　これで陰気くさい王都とおさらばだ！」

そんなに嫌かい……

「領地運営と大型討伐の日々！　血湧き肉躍《おど》る日々！　やっと帰れる！」

脳筋かっ!!　そんなに王都でのインドアな暮らしが辛かったんかっ！

「良かったですね。大型討伐、そんなに楽しみですか……」

身の丈よりデカイやつと闘うとか……やってみたいけどね！　正に一狩り行こうぜの世界!!　しかも魔法が使える分、闘い方にバリエーション出るな!!　ちょっとテンション上がりそう!!

「そんなの当たり前に決まってるだろう！　エリーゼも大型を見たら興奮するぞ、きっと!!」

「でしょうね」

もはや即答の応酬《おうしゅう》です。でも本心です。テヘ。

「さすが、私の娘だ！　帰りは大所帯だから、その分時間がかかる。食料の問題もあるし、買いつけも道中行うが肉の美味い魔物も数多く存在する。そいつらを狩りながら移動する。楽しみだな！」

なるほど、現地調達も視野に入れた移動か……肉の美味い魔物……ジュルリ……

「それは……楽しみですね！　私と料理長で美味しいごはん作れるかしら！」

「作れるとも！　料理長だけじゃない、ここの料理人の半数も一緒だからな！　苦もなく作れるさ！」

お父様が、すごくいい笑顔です。私もつられて、いい笑顔で応えてしまいました。

それにしても美味い肉……おそらく塩だけでも旨味を感じる肉か……やってやるぜ!! 待ってろ、肉!! それよりもだ、今はお母様だよ!

「お父様、お母様はご一緒ではないのですか?」

結構、一緒に朝食取ってるのになぁ……お父様とお母様!

「あぁ、なんか緊急会議!! とか言って自室で取ると言っていたな」

緊急会議! ですって!! 分かります、議題は私のことですね。ならば良し! 行こうじゃないか、女は度胸だ! ………嘘つきました。でも、行かなければ拉致《らち》られること請《う》け合いです。ついでに言うと説教つきの可能性大なのです!

「ありがとうございます、お父様。私、お母様にお話があるからこれで失礼いたしますわ」

じゃあ……行くか……

「そうか……」

ちょっとだけ、ショボーンになったお父様は可愛かったです。

おっと、それどころじゃない。お母様のお部屋に行かないと! 早足で移動です!

はい、着きました……ドキドキしちゃう……

——コンコンコン。

「お母様、エリーゼです。お話があって参りました」

カチャ。すぐに扉が開きましたよ。

「お待ちしておりました。フェリシア様も待っておられます」

ソニアが開けてくれました。待ってたかぁ……マジかぁ……

「お待たせいたしました、お母様」

お母様に近寄り、話しかける。少しだけ困ったお顔です。

お母様はさすが侯爵夫人というだけあって、上品で優雅という言葉が似合う女性です。結い上げられたプラチナブロンドの髪は艶々《つやつや》として、もうじき五十代になろうって女性には見えません。青紫の瞳も美しく輝き、白く美しい肌にくすみもシミもありません。スタイルも抜群《ばつぐん》ですしね。まさに美魔女と言って良いでしょう。そんなお母様が困ってる？

「……エリーゼ………」

何？　タメとか要らないから！　早く何か言って!!

「さすが私の娘だわ！　素晴らしいわ！　素晴らしすぎるわ！」

叫んだかと思えば、いきなり立ち上がりハグされました。全力じゃありません、フワッとしたハグです。私もそうですが、お母様の全力ハグは、ハグと言っていいものか疑問なシロモノだと思います。私が一度、出来心で庭の木を全力ハグしてみたらシャレにならない音がしたので止めました。

「お母様……」

「あら、いけない。私ったら嬉しさのあまり、はしゃいでしまったわ。でね、エリーゼ。無限収納のこと聞いたわ。その能力は他の方……特に関係のない貴族や王族には秘密にしなければいけないわ。家族や身近な使用人は、おそらく言っても問題ないと思うのだけど」

他の貴族と王族か、確かに……面倒くさいことになる未来が見えちゃう！　やっとバカ王子から離れて、領地に帰れるんだからバレないように気をつけよう！

「料理長とトムじいには教えてしまったわ」

お母様はニコニコ笑顔……怒ってない。

「あぁ、あの二人ならばいいでしょ。でも、なぜトムが？」

うーん……うーん………島のことは、言いたくないな……

「トムじいが作ってくれた作物をもらいに行ったのです。その際に伝えました」

良し！　おかしくない！　事実だし！　何も変じゃない！

「トムが作った作物？　何かしら……」

ここだ！　今！　このとき！　言うべきことは一つ!!

「色々ありますが、私がもっとも嬉しかったのは小豆《あずき》と呼ばれる豆ですわ！　この小豆《あずき》を甘く煮ると、大変美味しいのです！　少々コツがいりますが、料理長たちには美味しく作る方法を伝えましたわ！」

お母様のお顔がパアァァァァァァァっと輝きます。嬉しそう！　嬉しそうです!!

「エリーゼ……その……小豆《あずき》とは一体……」

分かってます、お母様！　テーブルの上にゴトンッとぜんざいの鍋を出します。

「お母様、特別に試食ですわよ！」

力強くそう言ってから、お母様の目の前にある空のカップを手に取り、カップ三分の一ほどにぜんざいを注ぐ。

……なんと言うことでしょう。顔を上げると、空のカップを持ったエミリ、シンシア、ソニアがいました。お母様より少しだけ少なく注ぐ。

「いただくわ」

「どうぞ。熱いので気をつけてくださいませ」

お母様が意を決したお顔でカップに口をつけました。その姿を見た三人も口をつけました。

お・ど・ろ・け！

お母様がぜんざいを一口、口に含んだまま動きを止めました。あろうことか、侍女三人組も止まりました。

えー？　なんで、止まっちゃうの……お母様を凝視《ぎょうし》してると、やがてゴクリと嚥下《えんげ》する音が聞こえ……カッと目を見開き、一気にあおりました。熱いのに。

ゴッゴッゴッ……と、淑女にあるまじき豪快な音。

その次に聞こえたのは、ズズズズッと啜《すす》る音でした。しかも多重放送のごとく、あちらこちらからです……なんて恐ろしい……おかわりを要求されるかもしれません。速攻でぜんざいの鍋を収納しました。

「エリーゼ、おかわりを………」

お母様から、おかわりの言葉が出掛かりましたが、鍋の存在がなくなったことで踏みとどまったようです。……そんな、恨《うら》めしそうなお顔で睨んでも出しませんよ！

「お母様、試食は少しだけなのです」

むぅって……お母様、ホッペタをちょっと膨らませてもダメです。可愛いけどダメです。

……そして侍女三人組!! そんな恨《うら》みがましい顔しない！

「ダメです。これは旅の道中で食べようと思って作ったんですから」

「本当？ 本当に旅の道中で食べられるのかしら？」

ん？ あれ？ 結構強めに聞いてきたわ。

「いつ？ いつ食べられるのかしら？」

うん？ しぶとく聞いてくるわね。

「どれだけ食べられるかしら？」

いつになく絡んでくるな……これは……

「お母様……、お気に召しましたか？」

私の問いに、パアァァァァと顔を輝かせたお母様……尊みって、こんな感じなのかしら？

「もちろんよ！ できれば、これでお腹いっぱいにしたいわ！」

オゥ！ まさかのアンコ星人一丁出来上がり！ ですか？ でもお母様、アンコでお腹いっぱい

はダメです（笑）

「それはダメです。そのうち昼食ですよ」

イヤイヤと首を振り振り、食べたい！　アピールをするお母様。クッソ……この可愛さにお父様はやられたのか……

腕力脚力、鬼畜のように強いのに……メンタルはガチ女王様なのに……見た目の可愛さに合わせた、可愛いアクションとか!!　やられるに決まっておろう！　だが、負けぬ！

あっ！　侍女三人組の残念な応援アクション……うん、お母様無理。

「ダメです。今日はちょっと考えてるものもあるのでダメです」

……ゴメンね、お母様。

私………旅の勝利祈願としてカツを……カツを食べたいのです！　初めてのトンカツ!!（ボアだけど猪《いのしし》だから許容範囲内！）

あとは仕方ないからデザートはアンコ使うか……もう、一袋炊くか……

そんな攻防を繰り広げたあと、お母様に真面目な顔で相談です。

「私、領地に帰ったらアニスのお願いを聞く……そうアニスと約束いたしましたの。ただ、どんなお願いをされるのか想像もつかなくって。ある程度予想がついていれば気持ち的に楽なので、ちょっと聞いてみたいのですが……その、お母様とお母様の専属侍女の皆さんにも教えていただければ……」

もう開き直りです。堂々と聞くに限ります。だって、ねえ……遠回しとかさりげなくとか他人様ならそれもアリですけど、家族と家族同然の人たちだもの、許されると思うの。テヘ。

お母様はちょっとだけ首を傾げて微笑んでますけど、なんでしょう、目の奥が笑ってない気がします。

一方の侍女たち（通称侍女トリオ。筆頭のエミリとクールビューティーなシンシア、お人形さんみたいなソニアの三人を私がこっそり心の中で名づけました！　エヘン！）は、コソコソと小声で何か相談してます。でもなんとなくですけど、内容は聞きたくないので聞きません！　だってオッカナイんですもん！

「そうねぇ……エリーゼは、可愛い専属侍女のお願いを叶えてあげるつもりでしょう。なら、覚悟だけしていたらいいのでは？　内容なんて、大したことはないと思うわよ。ねぇエミリ。エミリもそう考えてるんじゃないの？」

えー!?　お母様……私ガッカリです。もっと前向きな意見が聞きたかったです。それに覚悟ってなんです？　覚悟の要ることかもよってことですか？　私の気持ちは小鳥のようにプルプルしてますよ！

「エリーゼ様、娘のアニスはエリーゼ様を第一に思っております。きっとあの子はエリーゼ様に無茶なお願いはいたしません。ですが私からすれば、エリーゼ様が娘の願いを叶えてくだされば思ってます。……いえ、きっと娘はエリーゼ様でなければいけない気がします」

エミリの真剣な表情に思わずコクリと頷いてしまいました。

やっぱり母親って子供のことは大事なのね……そうじゃない人もいるけど……でも自分の近くにこういう人がいるっていいな。

エミリがアニスのことを思うように、お母様は私のことを思ってくれてるし。私がお母様を大好きなように、お母様も私のこと好いてくださってるし……うん！　アニスのお願いはちゃんと叶えよう！　それが私のできることなら、そうするのが主人として正しい姿でしょう!!

「分かりましたわ！　ありがとうございますお母様、エミリたち。領地に帰ったら私、アニスのお願いを叶えてみせますわ！」

聞いて良かった。アニスは私に一生仕えてくれる大切な存在だもの！　妹とも親友ともいえるアニス！　うん、そうよ。余計なことは考える必要なかった。

「そうよ、お母様にエミリがいるように、ずっと私のそばにアニスがいてくれるんだもの！　私ったら悩む必要も迷うこともなかったわ。領地に帰ったらアニスとちゃんと話をしてお願いを叶えてあげれば良いのよね。なんで不安がってたのかしら？　アニスのこと分かってるはずなのに」

私はアニスのことを信じられず、不安になってた自分の愚《おろ》かさにガッカリします。

子供の頃からずっと……一時期離れていたけど……ずっと一緒だったアニスが私に無茶なお願いなんてするはずないのに。

きっとアニスのことだから、可愛いお願いに違いないわ。

「まぁ、ホホホ……エリーゼったら。安心なさい、私は貴女を一人前の淑女として育てたと思っています。それなのに不安に思うなんて……もっと自信をお持ちなさい。私の知り得ることと技術を可能な限り教えたつもりよ、堂々となさい」

「そうです！　娘はエリーゼ様のなさることであれば全て喜んで受け止めるでしょう！」

……エミリ、なんで鼻息荒いの？　いえ、娘のことだからこそ真剣なのかもですけど。

「見える……アニスの有頂天な顔が……」

ソニアがどこか遠い目になってます。そんなにアニス喜ぶのかね？　でもなんとなく聞いたら負けな気がするのでスルーします。

普段滅多に見られないシンシアの苦笑いも印象的です。

まぁ、覚悟さえしとけば良いと分かったし、やることはまだある。そろそろとんずらしよう。

「それではお母様、私はそろそろ厨房に行きます。相談に乗ってくださり、ありがとうございました。では、後ほど」

気持ちを切り替えよう……

「エリーゼ、もう貴女は王族の一員にはならないのよ。これからは普通の母子として仕切り直していきたいの」

…………そうか…………王家に輿入《こしい》れすれば、滅多なことでは会えなくなる。子供を産み終わるまでの数年間は、面会も限られてるし、後宮に行っても忙しくて時間も取りにくい。今までのドレスやお飾りも、王室典範に則《のっと》った装いだったけど……これからは好きなものを身につけていいんだ。

記憶をたどると、ドレスやお飾りを選ぶときのお母様はいつだって不満顔だった。

「えぇ、お母様。領地に帰ったら、ドレスやお飾りを見立ててください。絶対ですよ！」

あ……お母様、泣いちゃった……

「エリーゼ……えぇ、えぇ！　エリーゼに似合うドレスを作りましょうね。お飾りだって、たくさんあるのにつけられなくて……うんと着飾りましょう！」

やはり女親とは娘を着飾らせたいものなのだろうか……そりゃそうか……お祖母様から頂いたものや、なぜかお母様方のお祖父様やお祖母様から贈られたものも結構あるのにつけてないもんな。

「楽しみですわ！　領地に帰る楽しみが増えて困りますわ」

泣きながらコクコク頷くお母様と、やはり泣きながらお母様のそばに寄って行った侍女三人組に軽く頭を下げてから部屋を出る。さぁ！　厨房に行くぞ!!

——厨房に向かう途中だった。そう……アイツがピコピコ点滅してます。

キャベツの収穫をしました。なのでイチゴを植えます。なぜなら、今日の昼食のデザートに使おうと思ってるからです！　さっきできた分を使ったら、減るからね！

よし！　今度こそ厨房だ!!

「お嬢、早かぁないですか？」

料理長、さっそく近づいてきました。

「もう少し小豆《あずき》を炊こうと思って。あと、今日は新しい料理を作ってみようかと……」

「新しい!!　何をやるんですかい!?」

被せてきました。やはり新作と聞くと、料理人魂に火がつくようです。スイーツだと、あまり乗ってこないかと思ったけど、小豆《あずき》と聞いて目が光ったのを見逃しませんよ。料理長がキラキラした目で私を見ました。食い付きます。

「その前に、ちょっとでいいからギョーザの皮を作ってくれる？」

若い女性料理人がササッと取りかかります。ありがたい。

「卵と小麦粉があるのは知ってるから、パンを粉々にしてほしいのよね」

えー？　とテンションが下がった顔した料理長。

「乾燥したやつの方がいいかな～」

私がさらに言うと、別の女性料理人がパンを取りに行きました。私は勝手知ったるでデカイ鍋を取ってもらい、小豆《あずき》を炊いていきます。もはや、手順は吹っ飛ばします。

「あの……これは昨日のパンなのですが、硬くて……」

なるほど、毎日食べてるのは作りたてか何かなのね。

…………って？　作りたてでも硬いし！　それよりさらに時間が経っているなら、カチカチだね。

釘打てたりして（笑）

「袋に入れて、麺棒で叩いたらダメかしら？」

提案です。とにかくパン粉を作らないと。

「待て、そのまんまじゃ大変だろ。ちょっと切ってやるから」

料理長、男らしい発言です。サクサク切っていきます。……思ったより、カチカチじゃないのかな？

「乾燥してないの？」

「いや、乾燥してるな」

思わず口に出た疑問は料理長に即答されました。切られたパンを袋に入れると、女性料理人は麺棒でガンガン叩いてます。頼もしいですね！　どんどん粉々になっていきます。

「ボアの肉、いつもの焼いたのと同じ厚さで切っておいて」

とりあえず、カツですよ。あれこれ指示を出していきます。いつもはポークステーキですからね。

「小豆《あずき》炊けました。こちらに置いておきます」

若い男性料理人が大きな鍋をコンロから下ろしてくれます。そんなに時間経ってた？　ときの流れってシビア。

「揚げ油の用意ができました」

順調です。私の手は、ガンガン動いてます。ぼんやりしてる暇がないです。

小麦粉・溶き卵・パン粉と並べられた容器にボアの肉（厚さ七～八ミリくらい）を入れて下ごしらえします。

料理長はガン見です。そして下ごしらえしたボアの肉を、揚げ油の入った鍋に入れる……前に、パン粉を少し摘まんでパラリと落とす。パチパチッといい感じになってます。ソオッと肉を投入します。ジュワ～ッと揚がり始めました。

あ～前世じゃあ、缶ビール片手に揚げたっけ……

だんだんと端っこがキツネ色になってくるカツ……口の中に唾《つば》が溜まってきます。揚げ物の魅力、ハンパない！　菜箸《さいばし》でクルリとひっくり返し、片面も揚げていきます。

ゴクリッ……誰かの唾《つば》を嚥下《えんげ》する音が聞こえます。

分かります！　いい匂いしてきたものね……チラリと見れば、肉の下ごしらえが進んでます。何も言わなくても自らどんどん仕事するっていい！

……カツを揚げたら、から揚げやるって分かってるのかな？　まぁ、いいや。消費できるでしょ。

パチパチと乾いた音に変わりました。揚げどきです。

ヒョイと持ち上げ、揚げ物用に作ってもらった容器に載せて油をきります。揚げ油の前には、料理人が立ちカツを揚げていきます。手慣れたものです。さぁ、試食だ!!　サクッサクッとまな板の上で食べやすい大きさに切ります。

「ソウの実の汁を小皿に入れてきてちょうだい」

「ありゃあ、辛いでしょう?」

料理長の疑問はもっともです。でもね、あれはそのまんま口にするものじゃないのよ。

ちなみにショウの木からは醤油《しょうゆ》の実が、ソウの木からはウスターソースの実がなる。初めて知ったときは驚いたものよ。

「いいのよ。飲むわけじゃないから」

「はぁ……」

以前、搾《しぼ》らせたソウの実の汁を小皿に入れて出しておいてくれます。

「よーし、まずは試食を一口」

切ったばかりで、アツアツのカツをソースにちょっとつけて口の中に放り込む。

「あふっ……」

サクサクの衣を噛むと肉の脂《あぶら》が溢れて、口の中が脂《あぶら》の甘さとソースの辛さがほどよく混ざり……まさに至福！　うま〜い！　ブランド豚に負けない味がする、この世界のボア（猪《いのしし》）！

ヒョイと見たら、料理長が真似してソース付きカツを口に……入れました！

ザクッと噛む音が聞こえました。カッと目を見開き、カツを凝視《ぎょうし》してます。正直、おっかないです。何回か咀嚼《そしゃく》し、ゴクンと飲み込むと、手が再度カツへと伸びます。

「試食は一個だけ」

言ってみた!!

グルンッと私を見る料理長の顔は、絶望に満ち満ちていました。そんなにかよ！

「なんだか、やたらといい匂いがするな」

っ!! は？ え？ 聞き慣れた声が…………

私と料理長は頷き合い、振り返って見た人物は……お父様でしたー!! なんでー！ 貴族が厨房に来るとか、あり得ないんですけどー！ いや、私も貴族だけれども！

「あ……あぁ、お父様……試食なさいますか？」

思わず言ってしまった……やだ……お父様が輝くような笑顔で寄ってきたわ。

「いただこう」

渋格好いい、お父様……でも、嫌な予感しかしない……

「ふむ、これを……この黒い汁につけるのか？」

「はい、カツをこの黒い汁……ソースに少しつけてお召し上がりください」

説明しとく……どうしよう……ドキドキしてきた……

お父様は指先で摘まんで、ソースをちょっとつけてヒョイッと口に入れた。

無駄に格好いいな！ シャクッシャクッシャクッ。

カッと目を見開くお父様。

「うーまーいーぞー!! 外側がカリカリサクサクしているところに、ソースの辛さがアクセントになり、噛む度に肉の甘さと脂《あぶら》が口の中に溢れてくる！ まさに至福！ まさに美味！ これに勝るモノはない!!」

恐ろしいな……まるで、人が変わったのかと思ったわ。いつもはこんなに饒舌《じょうぜつ》じゃないのに、カ

ツって怖い……

　再度カツへと手を伸ばすお父様。許しません!!　ガッとお父様の手を掴みます。

「お父様、試食は一人一回一個だけ！　ですわ」

「なん、だ……と………」

　ガーン!!　って顔してもダメです。お父様は力なくヨロヨロと厨房出入り口へと向かい……チラチラと私とカツを見ました。

「ダメと言ったら、ダメです！」

　ショボーンとしながら消えました。仕事しろ！　昼すぎ出発でしょうが!!　それにお昼ごはんにたくさん出す予定なんだから、大人しく待ってて!!　もぅ!!

　ふぅ～ヤレヤレだよ。それにしても次々と揚がってくるカツ……壮観だな……

「おはよう、いいに……お……カツかっ!!」

　チラッと見れば、ルーク殿下です。

　な・に・し・に・来・た!!

「今、忙しいです。どうなさいました？」

　カツを凝視《ぎょうし》したまま、こちらをチラッとも見ないルーク殿下。分かるけども！　失礼!!

「朝食を……」

「えっ！　まだでしたか!!」

嘘！　朝食食べてないの？

「そういやぁ、客人の朝食の連絡もらってなかったな……」

料理長！　それは早く気が付いて!!　……いや、無理か……

「仕方ない……殿下、試食でもしますか？　ただし、一人一回一個までですけど」

カツの試食を勧めてみる。ハラペコなら何か食べさせないとね。

「いいのか？」

私の顔を見る……その顔は嬉しさではち切れんばかりの笑顔だ。

「仕方ないでしょ。このまま、お昼まで待てとは言えないし……そんな顔して見てたら、分かるわよ」

「ありがとう、エリーゼ嬢。一人一回一個までか……うん、分かった。箸《はし》、使っても？」

箸《はし》？　あぁ、手が汚れるからね。

「誰か、箸《はし》を渡して。あ、そこにソースの小皿があるから使ってね」

しまった。タメ口になっちゃった！

「ソースがあるのかっ！　すごいな……エリーゼ嬢、タメ口で構わないよ。それとわざわざ殿下、とつけなくていい」

ん？　ありがたいけど……昨日、私がサロンから出て話し合ったのか……あれかな？　たぶん、婚約者扱いになったのかな？

「ありがとうございます。ひょっとして、新たな婚約でも結ぶことになりましたか？」

箸《はし》を受け取り、切ってないカツを迷わず取ったルークと目が合いました。

「なんで、切ってないのを取る……」

「一人一回一個までと聞いたから。婚約はまぁ、当たってる。よろしく頼む」

私の殺気を込めた呟きに平然と返して、なおかつ丸のままのカツをササッとソースにくぐらせかぶりつくルーク……ある意味、スゲェな……

「うん……めぇっ!!」

ガフガフサクサクと食べ進める。男らしいというより、大食い映像のようです。あっという間でした。

「あ………」

切なそうな顔してもダメです。

「言・い・ま・し・た・よ・ね！　昼まで待て!!」

コクンと頷くと、ションボリ肩を落として……

「分かっている。カツを食べられて嬉しかった、ありがとうエリーゼ」

…………っ！　やだ……何、その不意打ち。

「いっ……いきなり呼び捨てなんて、許した覚えなんかないんですからねっ！」

びっくりした顔で私を見たかと思ったら、ルークはクックッと笑った。

「ツンデレ乙、ごちそーさん」

ツンデレ!!　やだ、本当だ！　今のツンデレにしか聞こえない発言だ!!

「もぅっ！」

ハハハと笑いながら手を振って、厨房から消えたルークの後ろ姿を見送った。なんだろう、私の中でルークの好感度が高いのかな？　ちょっとだけ、ドキドキした。

「ギョウザの皮、できました」

あっ！　できたできた！　イチゴを少しだけ出す。

「このイチゴのヘタを取って、タテにこう……十字に切って」

もはや、誰もツッコミを入れずイチゴを受け取るとサッサとヘタを取り、私のアクションを真似して切ってくれた。……イチゴ……アキヒメとかトチオトメとか、あんな感じだなー。

冷めたアンコを手に取り、カットされたイチゴをアンコで包み込む。

そのアンコ玉をギョウザの皮で包んでいく。

「もう一つ揚げ油がいるのだけど、椿油だけで揚げてちょうだい」

さすがにアンコが入ってるものを、ラードで揚げるのはいかがなものか？　と思うわけで。

私が作ったものを見た料理人たちは、同じようにアンコギョウザをどんどん作っていく。

……食に対して貪欲になってきた……いいぞ……もっと貪欲になるのだ……それこそが至高に近づく第一歩なのだ……なんちて！

この一口サイズとか……いい！　そして小さい揚げ油鍋でどんどん揚げていく。

「皮がキツネ色になる前に揚げて大丈夫よ。パリッとすればいいだけだから」

すぐさま揚げられるアンコギョウザ……ドキドキするなぁ……

「これは、一人一個試食しましょう。さっそく、いただくわね」

揚げたてのアンコギョウザを手で……熱いっ！　けど、構わないっ！　ヒョイパクッと口に投げ入れる。

「ハフッ！」

パリッと噛んだ瞬間の皮のパリパリ感、そのあとに来るアンコの甘さとイチゴの甘酸っぱさ！

「ん〜！」

イチゴ大福とは違う食感、これはこれでいいと思う！

「イケるかも！」

私が食べたあと、次々と皆がイチゴ入りアンコギョウザを口に入れる。

「この、パリパリしたあとに口の中に広がる甘さとイチゴの味……食べる前は不安でしたが、サッパリした感じで俺は好きかも……」

料理長が独り言のように、感想を述べてくれました。料理人たちも意外とイケたようで、ニコニコとしながら頷き合ってます。料理長から一旦、揚げ油を火元から離すように指示が出される。

「今日のお昼、予定通りにラーメンとから揚げ。あと、カツとこのアンコギョウザをお願いします。

カツのつけ合わせにキャベツを細く切ったものが少しだけでも欲しいので、お願いします」

そう言って、イチゴとキャベツをドサッと出す。

「私たち家族だけじゃなくて、邸《やしき》にいる皆にもできるだけ食べてほしい。これで足りるか不安だけど、手持ちがこれしかないの」

できるだけ食べてほしい。これでしばらく会えなくなるのだ……

「足りますよ。お嬢のおかげで、色んなものが食べられて世界が変わった。俺は幸せだ……」

照れくさそうに話す料理長にビックリして、見つめてしまった。

「私たちも幸せです。こんなにも世界が広がり新しいものを口にできて、驚きと興奮に包まれる。お嬢様がくれた、この新しい味と技術を邸《やしき》で磨いていきたいです」

若い男性料理人が告げた。彼の発言にコクコクと頷くのは、全て料理人だった。

「領地について行く私たちも、ここでの毎日は驚きと興奮ばかりでした。またあちらで教えていただけると信じております！」

男女入り交じった料理人たちが熱い視線で、私を見つめている。そうか……

「うん、ありがとう！　邸《やしき》に残る皆も、一緒に行く皆もありがとう。これからも、よろしくね」

言葉があんまり出てこない。なんだか胸が熱い。

「エリーゼ様、荷馬車が続々と来ました」

執事が実にいいタイミングで、呼びに来ました。荷物、荷物〜！

「お嬢様の新しい力について奥様からお聞きしました。私が商人の気を引いている間によろしくお願いいたします。また、数人の使用人を張り付かせます。倉庫の入り口に荷台を寄せれば、他の者には見えにくいでしょう」

「ありがとう。助かるわ」

そして私は執事と共に荷馬車へと向かう。馬車馬のように働くために!!

……荷馬車のそばで馬車馬のように働く……シャレになんない（笑）

リアル馬車馬、ゴメン！

執事と一緒に倉庫に到着。わぁ……見たことないくらい、たくさんの荷馬車がいるぅ！

……冗談抜きでね！　もっとも荷馬車と言っても、正しくは幌《ほろ》馬車なんだよね。

王国はちょいちょい雨が降る、冬以外。冬は雪が降る、結構降る。王都は降雪量が少ないので、四十～五十センチくらい。道は、魔法で雪を溶かしているので問題ない。でも、端っことかは積もるんだけどね。

屋根も魔道具のおかげで、積もりきる前に溶けてなくなる。だから、冬の王都は溶けた雪のおかげでいつでも水浸しだ。

そんなところなので、荷台を剥《む》き出しにしておくと汚れてしまうため、幌《ほろ》をつけて汚れないようにしているのだ。

「すごいわね……」

思わず、呟いてしまった。それくらいずら～～っと並んでる。

「すごいのはエリーゼ様ですよ。頑張ってください。奥様からお聞きしました。倉庫番と同道する使用人を呼んでであります。紛《まぎ》れて収納してください」

なるほど～、ダミーありか。ナイス！

「分かったわ。うまいこと、よろしく」

「はい。では、失礼します！」

執事はダッシュで幌《ほろ》馬車に駆けていった。すごいなー、いつも思うけど有能だよね。

年はお父様と同じくらいに見えるんだけど、ちょっと分からないんだよね。

倉庫の中には、ワラワラと男女入り交じった使用人と、いかにもな大男が一人……この大男が倉庫番だな、きっと。服装も違うしね。ガラガラと荷馬車が近づいてくると、大男が走って行った。

「エリーゼ様、よろしくお願いします‼」

「はいっ！」

体育会系の元気いっぱいな挨拶をされて、反射的に返事をしてしまった。

「よぉ～し、こっちだ。馬を下げられるか？　……よぉ～し……よしよし、うまいぞ……よし、停まってくれ！」

荷台が倉庫の入り口につけられ、私は走り寄って荷台を覗き込む。

「荷台の中の荷物を一時収納。確認画面を表示」

ステータスと呟いたあと、その一言を唱えるとシュンッと荷物が消える。それからウィンドウをさっと確認していく。うん、問題なし！

「よし！　完全に収納した！」

無限収納に荷物が加えられ、ウィンドウが消える。

「おぉ……」とか、「すごい……」とか後ろから聞こえたけど、キニシナイ！

私は荷台から離れて、執事に姿が見えるように入り口から出て様子を見る。

私の姿を確認したのか、執事は軽く頷き、ニッコリ微笑んだ。

「エリーゼ様、荷馬車が動きますよ」

いつの間にか隣に立っていた大男の倉庫番が、ソッと私を守るように私と荷馬車の間に入り込んだ。ゆっくりと荷馬車が出て行く。それから見送る暇もなく、次の荷馬車がガラガラと近づいてくる。

私は倉庫の中に戻って、待ち構えた。本当、頑張らないと！

やり切りました!!　じゃんじゃん収納しまくりました！　でも、さすが無限収納！　全くもって余裕です!!　うろちょろしながら作業しましたが、体力余ってます！

でも、お腹は空くんですね。邸《やしき》から漂う揚げ物の匂いが、破壊力ありすぎて死にそうです！　死にそうなのは、私だけではありません。倉庫にいる全員が、ざわついてます。

「あ～！　くっそいい匂いする……腹へったぁ……」

近くにいた、倉庫番の大男が大きな独り言を言います。つられるように、他の使用人たちも小さな声で「早くお昼ごはん食べたい」とかなんとか言ってます。すると、タッタッタッと軽快な足音と共に、執事が倉庫の中に駆け込んで来ました。

「お疲れ様でした。それでは皆、昼食を食べてきてください。昼食後、各自、自分たちの荷物を荷馬車に乗せてください。貴重品は持っていて構いません。男女別の荷馬車に乗って待機」

業務連絡を大声で告げると、執事は私のそばに来ました。

「エリーゼ様、お疲れ様でした。アニスからの言付けで湯浴《ゆあ》みの用意ができてるとのことです。支度はドレスではないので、安心してくださいとも言っておりました。誠にありがとうございました」

「……ありがとう。その……貴方は、こちらに残るのですか？」

彼の言葉と眼差しに、何か……そう、別れを思わせるものを感じて問うた。

「はい。私はこの王都の邸《やしき》を任された執事です。私が離れるときは、いずれ代が替わるときです」

彼は誇らしげに笑い、胸を張った。ずっと彼がここで働いている姿を見ていた。彼は実直で勤勉な執事だった。

「ゼノス！　ここに……エリーゼ様、お部屋でアニスが待ち構えてますよ」

そのとき、お父様の側近であるアレクが慌ててやって来た。ゼノスとは執事の名だ。

……この二人、仲がいいのかな？

「あぁ、アレク……どうした？　支度はしたのか？」

「それはいい。これで、しばらく会えなくなると思うとな……」

息を潜《ひそ》め、気配を消して聞き耳を立てる。だって気になるんだものー。

「バカだな、そんな顔するなよ。向こうにはハインツが待ってるぞ」

「分かってる。この先、大変だと思うが頼む」

何？　この会話？　ちょっとドキドキしちゃう。

「任せとけ」

「ああ……」

……気になる……それはもう色んな意味で!!

「さっ！　エリーゼ様、私たちの話を聞いてないで行ってください」

バレテーラ！　残念ですっ！　アレクに突っ込まれ諦める。まぁ、きっとあとで教えてくれるに違いない。分かんないけど。仕方ない、行くか……ダッシュでね！

走り出してから、一瞬だけチラッと後ろを見ると、執事の目から涙がこぼれた気がした。

お父様の片腕として動き回っていたアレクと、邸《やしき》を取り仕切っていた執事は色んな話をしたんだろうな。寂しくなっちゃうな……

私は自室にたどり着き、窓を開けて室内に入る。

「もう！　また！　どうして、外から直接帰ってきちゃうんですか!!」

アニスのプリプリ怒った顔が、ちょっとだけしんみりした私の気持ちを変えてくれる。

「早いから……かしら？」

面倒くさいとは答え難《にく》い。

「しょうがないですね！　湯浴《ゆあ》みの支度はできてますよ、さぁ！　早く早く！　お手伝いしますよ！」

「……アニスは準備できてるの？」

お手伝いするんか……なんか、もう諦めよう。

「できてます！　あとは手荷物を積み込むだけです。それだって少しだけですから、エントランスに置いてあります。この部屋に置いておくものと、今から身につけるものだけしかありません。荷物はすでに積み込まれております。さぁ！　エリーゼ様！」

グイグイと手を引かれ、浴室の続きの間には私だけでなくアニスの着替えも置いてあった。

毎朝身につける男らしい衣服にブーツなどは私のものだ。アニスのものは、膝丈みたいなワンピースとブラウスとパンツとブーツ。そして見たことのない、小さな壺《つぼ》……なんだろう？

「時間！　時間！」

バサバサとドレスを脱ぎながらアニスが叫んで、のんびりしてはいられないと私も脱ぎ始めた。

いつもと違う慌ただしさに、二人して浴室に飛び込んだ。この際、使用人と一緒にお風呂はおかしいとかいう突っ込みは聞きません！

浴室は、いつもと違う香りがした。簡単に言うと、いつもはフローラルな香り。今日はウッディーな香り。

「あれ？」

「今日から旅ですよ、魔物除けに使われる薬草を浸しておいたんです」

湯船に浮かぶハーブブーケみたいなのは、それか……

「ちょっと狭いですけど、一緒に浸かってください」

「うん」

アニスに腕を掴まれ、引き込まれるようにザブンと頭の天辺まで浸かり、ザバリと音を立てて上半身を出した。…………容赦ないな…………たぶん、髪の毛まで濡らすためだと分かるけど。

「エリーゼ様？」

「あぁ……うん」

浴槽の中で膝立ちになって香りを嗅ぐと、普通のハーブっぽい匂いとヒノキみたいな匂いが鼻こうをくすぐった。

「後ろを向いてください。頭にお湯かけますね！」

湯船の中、ゴソゴソと動いて背中を向ける。優しく頭を撫でられ、少しだけ上を向くと、温かいお湯が顔にかからないように頭にかけられる。

こんな風にしてたら、時間かかっちゃうのに……あっ、そうだ……

「アニス、ちょっとだけ下がって。少しだけ後ろに倒れるから」

私がチラッと振り返ると、アニスは少しだけ後ろに下がった。

よし！　そろそろと後ろに倒れ、頭を下げていく。あ～頭が温かい～。思わず、目ぇ瞑《つむ》っちゃう～。

そのとき、ポヨンと何か柔らかい感触が後頭部から伝わる。

視線を感じてなんだ？　と目を開いたら、アニスが真上から私を見下ろしてました。じゃあ後頭部に感じる、このポヨンはアニスの胸か……なんだよチクショウ、気持ちいいじゃないの！

「もう少し下げますよ。お顔はご自分でなさってください」

「分かった」

ちょっとだけ下がるけど、アニスのパイがストッパーになって沈まない絶妙な位置にキープです！　素晴らしく気持ちいい！　自分でお湯を掬《すく》い、目を閉じ顔にかける。ついつい顔を洗うように、手を動かしてしまう。あ～ヤバイな～気持ちいいなぁ～クセになるかも～。

「エリーゼ様、そろそろ上がりましょう」

「ん。分かった」

目を開けると、アニスがズルズルと前進して上半身が起こされる。

「気持ち良かったですか？」

「良かった、あれはいい」

クスクスと笑ったアニスは可愛い。立ち上がり、アニスに手を差し伸べる。一瞬キョトンとしたけど、笑いながら私の手を取り立ち上がったアニスに抱きつく。

すぐに離れてビックリ顔のアニスの手を引いて、体を拭くための布が置いてある場所に行く。拭いてもらおうなんて思わない。私もアニスも無言で、セカセカ手を動かして拭いていく。あらかた拭き終わり布をバサリとかごに放り込む。

「ドライ」

ただ一言だけで、私の髪の毛が乾く。

「え？　エリーゼ様？　なんですか、その魔法。髪だけじゃなく体も乾いて……」

髪の毛を湿らせたまま凝視《ぎょうし》してくるアニスに向かって、同じようにドライと呟くと、アニスの髪と体もすっかり乾いてしまいました。

「うん、便利でしょ？　あとで教えるね」

「絶対ですよ」

私たちは続きの間に戻り、衣服を着付けようと手を伸ばした。

「まだですよ。この魔物除けの軟膏《なんこう》を塗るんですから」

先ほど不思議に思っていた小さな壺《つぼ》を手に持ち、待ち構えるアニス。その表情は真剣だった。エロい感じが微塵《みじん》もない。まっ裸なのにね！

壺《つぼ》を置いて中身を掬《すく》い取り、薄く……薄く塗り込めてくる。男性用のコロンみたいな匂い……べタつき感もない……乾くとサラリとしている。

ほどなく全身くまなく塗られました！　どこもかしこもです！　自分で見たこともない場所もです！　許せません！　仕返しです！

「アニス、塗ってあげるわね」

恥ずか死ね!!　顔から肩や背中……胸に腰にと塗り進めます。さすがに下腹部は直視とか、私が恥ずかしいので後ろから塗ります。

「エリーゼ様、くすぐったいですっ」

恥ずかしそうにアニスは身をよじる。私もちょっとドキドキしてるけど……どんどん塗って足のつま先まで、塗ってやりました！

「すっごい気持ち良かったです！　それと、エリーゼ様に叶えてもらうお願いは、もう決めてあります！　今から楽しみです！」

おかしなフラグを立てるようなこと、言っちゃダメ（笑）

変な汗しか出ないから！

「ホラ、さっさと着付けて食堂に行くわよ」

「着付けたあと、残った軟膏《なんこう》を髪の毛にも使うのでまだまだですよ」

そりゃそうか。下着と丈の短いコルセットをつけ、衣服を着付けていく。私はいつもの格好だけど、あえて言うならなんちゃらゾ○ですかね？

アニスはいつものメイド服じゃないだけで新鮮です。なんていうか、中央アジアの民族衣装みたいな雰囲気です。可愛いです。

「ここで纏《まと》めますね」

いつの間に櫛《くし》を用意していたのでしょう？　ちゃっちゃと纏《まと》めると、細くて黒いリボンで縛《しば》り、軟膏《なんこう》を薄く塗ってくれます。……纏《まと》め髪用の何かのようです。

毛先までやってもらって、ずっとコレなのかなー？　と思ったら、毛先からベタつきが消えていつものようにサラサラになりました。不思議軟膏《なんこう》!!

アニスは手に取ると、そのまま手櫛《てぐし》でガンガン塗ってます。ベタベタではないけど、そんなところは大雑把《おおざっぱ》なのね……フンスと鼻息荒く纏《まと》めると、ワンピースに合わせた色のリボンでクルクルッと縛《しば》り終えました。

「お待たせいたしました。浴室も着ていたものも、居残り組が全て後片付けしてくださるそうです。このまま、食堂に行きましょう」

今まで当たり前に過ごしていた場所をそのままに……何もかも、そのままにして行く。一抹の寂しさを感じるけど、自分で決めた道なんだ。私はアニスと共に、歩き出した。

王都最後の食卓

私たちは特に話すこともなく食堂の前に着きました。これから昼食だ。

「アニス、たくさん食べてね！　カツがオススメよ！　じゃあ、また後でね」

軽く手を振って、食堂に入る。皆、匂いに誘われて来たのか、ルークを含む全員がすでに席についていた。それも目をギラつかせて……怖いです。

「待っていたわ！　エリーゼ、何かすごくいい匂いがして……こんなに食欲をそそられるなんて……一体、何が出るの？」

お母様、腹ペコなのですね！　いつも優雅なお母様と違います！

「それでは……」

「カツという、新しい食べ物だよ！　……です」

あ……お父様……なんで、言っちゃうかなー。

「カツ……なぜ、貴方が知ってらっしゃるのかしら？」

ほらぁ……お母様からどす黒い微笑みが漏れ出てきちゃったじゃない。

「いや……それは……」

「よろしいのよ、ですが……良く覚えておいてくださいませ。抜け駆けは許さない、と」

「ヒッ……あっ、あぁ……」

哀《あわ》れ！　お父様!!　黙っていれば、バレなかったのにね……

チラリとルークを見ると、引き攣《つ》ったお顔でテーブルを凝視《ぎょうし》しておりました。バレるわよ……

「それと、ルーク殿下はなぜそんなお顔で固まってらっしゃるのかしら？」

ルークの変化に目ざとく気付いたお母様。

すごい！　すごい優しい笑みを浮かべているのに、オーラが真っ黒DEATH!!

あら、やだ……ルークったら、カタカタ震えていらっしゃるわ（笑）

正直にゲロっちゃえ！　その方がダメージ少ないぞ！　きっと！

「いえ……匂いで、カツかフライだと思っているところにその……夫人の威圧が……いや、その……」

ルーク、しどろもどろ!!　そしてカツだけじゃなくて、フライとか言うな!!

ガタンッ。

ほらぁ……お父様がすんごい勢いで、立ち上がったわ！

「フライだと!?　なんだ、それは!!」

オーゥ！　ビックリデース!!　お父様、グリンッと私を見たわよ……仕方ないなー、説明するかぁ。

「お父様、落ち着いてくださいませ。同じ調理方法ですが肉だとカツ、魚介類だとフライと呼び分けているのです。そうですね、魚介類だと白身の魚やエビは食べやすく美味しいですわ。領地に帰ったら、是非とも作っていただきましょう」

パタッ……パタタッ……

あら？　イヤですわ、お父様ったらヨダレが垂れまくりですわ。

「美味しいのね？　貴方が先にカツを口にしたことは許せませんけど。それほどまでに、美味でしたのね」

お母様の笑顔がいつもの優しい笑顔に変わりました。そして目がっ!!　目だけが怖い!!

「お母様、お父様は運良く試食できただけですわ。それに今から、どんどん運ばれてきますのよ。あっさり醤油《しょうゆ》ラーメンにから揚げ、カツ。デザートに甘い揚げギョウザを頼んでおきました。きっとお母様も気に入るわ」

フォロー終了！　もぅ、お母様はニッコニコですよ。

「甘い揚げギョウザですって！　楽しみだわ！　新作ね！」

「はい、アンコを使った新作デザートです」

「素敵だわ！　とても楽しみだわ！」

お母様のテンションは上がりっぱなしです。アンコ、お気に入りランクインですね。

「失礼いたします。皆様、お揃いのようなのでお運びいたします」

執事が一礼して、号令をかけた。

次々と運ばれ、目の前に置かれるあっさり醤油《しょうゆ》ラーメン。二枚の取り皿とピカピカに磨かれたグラス。カトラリーはすでに並んでいるが、箸《はし》も置いてあるため問題は何もない。グラスに注がれるのは冷えた果実水で、ワインではない。

テーブルの中ほどに大皿が何枚も置かれる。載っているのはから揚げだったりカツだったり、キャベツの千切りもどきだったりしている。あっという間に宴会テーブルの出来上がり！

「では、いただこう！」

お父様の号令で食事が始まる。

まずは醤油《しょうゆ》ラーメンを食べよう。載っているのは、薄切りのチャーシューと小口切りのネギと煮玉子だけ。鶏ガラベースの醤油《しょうゆ》スープは、なじみのある味。

あー美味しいなー！

もちろん、隠し味に色々野菜とか入れて調整したんですけどね。ハフハフ……麺だけは食べちゃわないとね！　のびちゃう。

……室内には、麺かスープを啜《すす》る音しか聞こえない。

いつもならちょっとは会話とか、あるんですけどね。チラッと皆の様子を窺《うかが》う。

…………お父様がラーメンの麺と具を完食した！　カツに伸びる箸《はし》！　二枚！　お父様、なんと二枚掴みました!!

ソースの入った壺《つぼ》を手に取り……ぶっかけたぁ!!

シャビシャビ！　カツはソースでシャビシャビになってしまったぁ！　どうする！　お父様、シャビったカツを……

箸《はし》で掴んでかぶり付いた！　男らしい、かぶり付きです!!

いつ！　いつ、噛み切るんだ？　まだか？　まだ、口から離さない！　すごい!!

なんと言うことでしょう！　一枚！　カツ一枚をそのまま口の中に入れてしまったぁ！　口いっぱいに頬張っております！　渋格好いいと評判のイケオジ！　ハインリッヒ・フォン・シュバルツバルト！　子供のように、ほっぺたをパンパンにして幸せそうだぁっ！

………なんか、今……大食い選手権並みにノリノリで心の中で実況しちゃったわ。よし、麺も具も食べちゃった♪　私もカツ食べようっと………アレ？　黙々とお兄様たちが食べてました。

トールお兄様はカツより、鳥から派なんでしょうか？　ヒョイパクヒョイパクと連続で口の中に放り込んでます。私はカツを一枚取り、取り皿の上で食べやすい大きさに切っておく。少しだけ、キャベツの千切りもどきを取り皿に移し……カツとキャベツをフォークに刺して……ソースを少しだけかけて……ヒョイ！　パックン!!　美味し～い!!

「なるほど、串カツ的な感じで食べるのか」

ルーク……前世の知識を隠す気ないのね。

サッとカツを一枚取ると、カチャカチャと一口大に切り……ソースぶっかけてるじゃん！

キャベツの千切りもどきをちょろっと取り皿に取って。カツ一個とキャベツを少し……刺して……パクッと勢い良く、かぶり付きました。モグモグしてる姿、意外と可愛いですわぁ！　それを見たキャスバルお兄様は、同じようになさって食べ出しました。うん、キャスバルお兄様もニコニコです！

ふふ……皆、笑顔です。幸せですわぁ！

不思議……なんだろう、こっちの体は脂物に対して容量が大きいというのか、結構食べられてしまう。

前世では、カツ一枚で充分だったのに、この体は余裕で二～三枚はいける。すでにラーメン・から揚げ・カツ・キャベツを食べた。キャベツに至っては、今もシャクシャクと食べてるけども……西欧人的な体だからかな？　量も結構いけちゃうし……

太らないように、というダイエット的な運動じゃない。どちらかといえば闘うための体力作りみたいな運動してたから、尚更太れない体になってるし……筋肉量が多い気がする。……腹筋割れてるしな。

消化の早いこと早いこと、びっくりするほど食べても、すぐにお腹が空いてきちゃう。……それにしても、キャベツが甘くて美味しい。

「うむ、名残惜《なごりお》しいがカツはこれで最後か」

お父様、から揚げを一個だけ食べて後はカツばかり食べてましたね。わざわざ宣言するほど、お気に召しましたか……最後のカツを、実に名残惜《なごりお》しそうに食べてます。……キャベツもたった今、終わりました。

お母様もお兄様たちもルーク殿下も、お父様の完食待ちです。

……ルーク殿下って、つい言っちゃうし思っちゃう……この世に生まれて十八年、物心ついた頃から誰かを呼び捨てになんて……してた。いや、目上の男性はちゃんと様づけで呼んでたからセーフ！　ルーク……様って呼べばいいのかな？　知り合って間もない殿方に馴れ馴れしくするのっていかがなの？　混乱しちゃう！

…………うん、混乱しちゃうよ。

やめだ!!　悩むのはやめだ!!　そのときになればどうにかなるでしょ！　混乱してウジウジしても、始まらない！　女は度胸だ！　本人から呼び捨てOKもらってるのよ！　いざというときには、言質《げんち》取ってますで通そう！　よし！　それで行こう！

「うむ！　実に美味かった！」

「では、食後のお茶と新しい甘味をお持ちいたします」

執事が間髪《かんはつ》を容《い》れずに言ってくれます。

「待っていたわ。楽しみにしていたのよ」

お母様……スッゴくいいお顔で話しかけましたね。そんなに楽しみでしたか……期待に応えた一品になるでしょうか？

「試食をした方からは絶賛の声ばかりでしたよ、きっと奥様も気に入られると思いますよ」

執事の言葉にウキウキが止まらないお母様。執事が何かアイコンタクトをすれば、熱い紅茶が運ばれ……いつの間にかお皿が片付けられてポッカリあいたスペースに、ドンドンッとアンコギョウザが大量に載った大皿が鎮座《ちんざ》しています。それと、取り皿とデザートフォークが並べられました。

下がろうとする執事を呼び止め、今……たった今気になったことを聞こうと思います。湯気の立っているアンコギョウザ、料理人たちはずっと作ってくれてたなら……彼らのお昼ごはんはどうなるのか？

「料理人たちは全員、今まで作ってくれていたのかしら？」

「はい、皆様方が喜ばれるだろうと全員で取りかかっておりました」

執事が恭《うやうや》しく言う。料理人たちが頑張ってくれたことに感謝することしかできない。

「そうなのね。もし……もし、まだカツがあるのならば。揚げたカツにソースをかけてから、薄切りにしたパンに挟んでおくと馬車の中でも食べられる。そう皆に伝えてちょうだい」

ニッコリと笑う執事の顔が、なぜか誇らしげに見えた。彼はしかと頷くと、食堂から出て行った。

「エリーゼ、カツを挟んだパンとは一体！」

お父様、まだ食べる気なの!?

「貴方……充分食べたでしょう…………パリッ……」

お母様がアンコギョウザを食べながら、お父様に注意しました。

止まらないお母様の手と笑顔。

「だが……パンに挟むとか……パリッ……」

「諦めが肝心ですわよ。……パリッ……ムグ……」

うん、お父様も食べながら仰《おっしゃ》って……

「お父様は食後の甘味を食べてらっしゃるのだから、もう充分でしょう」

私は大皿から慌てて五個、取り皿に取り置きしておく。

「これは、甘酸っぱくていいね」

トールお兄様、お気に召しましたか。

「でも、このイチゴは……エリーゼ、教えてくれるかな？　どこから手に入れたのかな？」

チクショウ‼　キャスバルお兄様は的確に突いてくるな！　あれか！　年貢の納めどきか！

「あら、いいじゃない。……パリッ……そんなに気になるの？　……パリッ……ムグ……」

お母様、ありがとう‼　今は、お母様の何よりも甘味が大事な性格、助かります！

「気になりますね。私の知っているイチゴと大分違います。味も香りも今まで食べたものとは違いすぎる」

くそぅ！　まだ、諦めないか……しぶといな……

「確かに……」

あートールお兄様まで、食いついてきたぁ。

「まぁ、そうだな。イチゴといえば甘さも酸味も少ない、当然香りも薄い……甘味としてはあまり食さないものな。木イチゴの方が甘くて一般的だからな」

ルークの裏切り者！　そんな説明することないじゃん！

「そう言われれば……パリッ……ング……このイチゴは今までのものと……パリッ……ムグ……は違うわね。……パリッ……春のものなのに……パリッ……ムグ……今は秋も半ばすぎ……パリッ……だものね……」

あぁ〜お母様が食べながらチラ見してくるぅ〜もう、無理!!

「私の新しい力によるものですわ。不思議な能力です、収納のように特別な空間に島があって……そこで栽培したイチゴです」

説明がしにくい！　どうすれば伝わるのかも謎！　むしろ分からなくていい！

「エリーゼ、そのイチゴの苗は取り出せるのかい？」

え？　苗？　キャスバルお兄様、苗が欲しいの？　……イチゴをリアル農場で栽培しようというの？

「分かりませんわ。イチゴ自体は収穫できましたけど……」

「パリッ……あら？　終わってしまったわ」

…………お母様…………一体、何個召し上がったの？　そして、私の取り皿を物欲しそうに見つめるのは止めてください。これは私のアンコギョウザです。大慌てでパリパリと食べ進める。

「美味し～い！　これはクセになる美味しさ！　……パリッ……ング……」

パリッとした皮の後に口の中に広がるアンコの甘さ……そしてイチゴの香りと酸味、爽やかな甘さがフワリと広がりハーモニーを奏でる。食感もいい。パリッとした薄く硬い皮に、アンコのしっとりツブツブ感、そこに加わるみずみずしいイチゴの果汁！

お母様の手が止まらないのも納得の美味しさだわ！

「あ～、全部食べちゃうなんて……」

ちょっ！　心底悲しそうな顔で呟かないで！

「お母様は私よりも、たくさん食べてらっしゃったでしょう」

罪悪感なんて、ないんだから！

そんなこんなで食べ終わってしまった。この王都の邸《やしき》の……ひょっとしたら最後になるかもしれない食事が終わった。

「終わってしまったな。エリーゼ、あのカツという料理は素晴らしかった。甘味も甘く爽やかな味で、衝撃だった。エリーゼの料理とその技術が領地に更なる発展をもたらすだろう。キャスバルはあのイチゴを育て、民の暮らしを支える柱の一本にしたいのだろう。可能ならば、是非ともエリーゼよ、キャスバルに苗を分けてほしい」

お父様……きちんと考えてらしたのね。大型討伐に出かけたい脳筋では、なかったのですね。

「エリーゼ、私……今まで生きてきて、これほど豊かな甘味に出会うことはありませんでした。帝国においても、エリーゼが私たちに饗《きょう》してくれたものを、見たことはありません。あの味を知った今、ボソボソして甘いだけの、稚拙《ちせつ》な焼き菓子に戻ることはできません。エリーゼ、私は期待してます。貴女の知る甘味の世界を私に味わわせてちょうだい」

お母様……どんだけスイーツ女子なの……待ってて！

サテュロス（雌《めす》）をゲットしたら魅惑の生クリーム地獄にご招待よ！　バターたっぷりクッキーだって！　ケーキは……ケーキはタンサンがな……重曹なんて、作れるのかな？　そこだけがネックかなぁ……チーズケーキも作れちゃうなぁ……やだ！　お母様太っちゃうかも!!

「エリーゼ、今なにか失礼なこと考えたでしょう」

疑問符付いてない！　断言された!!　お母様、怖い!!

「いえ！　つまらないことを考えてましたけど、決して失礼なことなんて!!」

落ち着け！　落ち着け、私!!

「そう言えば、サテュロス（雌《めす》）をテイムして乳製品作るんだっけ？　高カロリーまっしぐらだな。気を付けないと太るなぁ……」

バカァ!!　ルークのバカァ!!　バカバカバカァ!!　お母様の目がぁ!!

「そう……太ると……エリーゼ、お母様……簡単に太ったりしなくてよ。だから安心して新しい甘味を作っていいのよ」

お母様……背筋が凍《こお》りそうな笑顔で仰《おっしゃ》らないでください。でも、太らないって言うなら……

「私……私、お母様の期待に応えられるような甘味を作りますわ!!」

「嬉しいわ、領地に帰る楽しみが増えたわ」

お母様の笑顔がお日様のように輝かしい笑顔に変わりました！　やった!!

ほっと胸を撫で下ろしていると、お父様が口を開いた。

「うむ、話し合いは終わったか？　では、これで出立としようか。馬車の用意はできているだろう？」

いつの間にか執事が食堂にいました。

「はい、支度はできております」

「そうか、色々面倒をかけた。こちらの邸《やしき》を頼んだぞ、ゼノス」

「はい、ハインリッヒ様。ご指示されたことを厳守いたし、こちらの邸《やしき》を守ってゆきます」

深くお辞儀した執事の肩が震えている。姿勢を戻し、上げた顔には涙が流れていた。お父様は静かに立ち上がり、執事に近づき抱き締めた。お父様の瞳からも、涙がこぼれ落ちる。

お父様と執事が落ち着くまで、私たちはただ無言で見つめていた。

わずかな時間だったけど、執事がお父様よりも早く立ち直った。

「申し訳ありません。感傷に浸るにはまだ早いですね。さぁ、馬車が待ってます」

執事の照れたように笑う顔は、何か吹っ切ったようにも見える。けれど、未だに目尻に滲《にじ》む涙は彼の心情を物語っていた。執事が、静かに食堂の扉を開く。

「さぁ、皆が待ってますよ」

私たちは立ち上がり、食堂を出る。長い廊下を歩き、エントランスホールに……そして開いた扉の向こうにはデカイ馬車がありました。

「え？　いつもと違う馬車……」

思わず声に出してしまいました。

目の前にあるのは八頭立ての大きな箱馬車です。高さも長さもあり、ゴテゴテとした装飾は強力な魔物除けを分かりにくい形で装着させています。通常足踏み台は二～三段なのですが、この箱馬車は五段あります。

車輪も大きいところを見ると、床下収納のような造りなのかと思います。

ベッドが余裕で入る長さです。おそらく馬車の中で横になれる仕掛けでもあるのでしょう。

扉の上には紋章が付いていて、どの家の誰かが分かるようになっているのですが、紋章の位置が通常より高い位置に付けられているのです。装飾で誤魔化してますが、よくよく見れば紋章の横は扉だと分かります。

「あれに乗るのかしら？」

ついつい独り言が出てしまったわ……

「エリーゼ様、違いますよ。あれは当主様の馬車です。エリーゼ様の馬車は後ろについてますからね！」

アニスが後ろからやってきて、そう答えてくれた。後ろ、だと？

…………いた…………いましたよ、すんごい後ろに！　個人専用の馬車（デカイ）がズラズラと並んでましたよ。

「では、頼んだぞ」

お父様は執事に声をかけて馬車に乗り込みます。もちろんアレクが後について乗り込みました。

二人が乗り込み、ドアマンを務める男性使用人が扉を閉める。すると、馬車はゆっくりと動き出し門扉までのアプローチで停まって、後続を待ってます。お父様の専用馬車は真っ黒です。装飾は金ピカで渋カッコイイです。それにしてもデカイ……

それからお母様の馬車が移動してきました、お母様の馬車は六頭立てですが、やっぱり大きいです。

ほとんどお父様の馬車とサイズは変わらないのですけど、馬の数が違うのは総重量の違いでしょうか？　真っ白な車体に金の装飾、メルヘンチックです！　女の子なら憧れちゃう、お姫様が乗るような馬車です！　さすが、お母様です！

お母様が乗る前にシンシアがシュッと跳び乗り（!?）、中を見てからお母様に手を差し伸べ、お母様が乗り込むのを介助します。何、その男前な感じ。ちょっとだけ憧れるわ！

「大変だと思います。ですが、私は貴方が旦那様に信頼されているのをよく知ってます。何もなくても、手紙なり使者なり送りなさい」

馬車に乗り込む寸前に首だけ執事に向け、お母様はそうはっきりと伝えました。

「ありがとうございます。こちらでの様子は、定期的に手紙で報告するよう指示を受けております。ご安心くださいませ」

そうか……お父様はちゃんと考えてらしたのね。

お母様は軽く頷くと馬車に乗り込み、エミリとソニアが続いて乗り込んで行きました。同じように扉が閉められ、馬車はお父様の馬車の後ろに移動していきました。

キャスバルお兄様の馬車は八頭立て、トールお兄様も八頭立てでした。同じように乗って行き、次は私の馬車です。……六頭立てでした。

「馬車自体の大きさは変わらないのに、なんで馬の数が違うのかしら？」

大きな独り言を呟いてみました。期待を込めて！　きっと誰かが答えてくれるに違いない！　そう、執事かアニスが!!

「馬車自体は四頭立てですが、不測の事態に備えて予備の馬も繋《つな》がっております。あと、旦那様方は騎乗することもあるために、八頭立てとなっているのです」

執事が懇切丁寧《こんせつ》に説明してくれました！　スッキリですね！

……あれ？　私の馬車、黒いわ……お母様の真っ白なお姫様仕様じゃなくて、お父様やお兄様たちの黒と金を基調とした仕立てと同じような。

……いや！　違う!!　装飾が、結構華美な造りだ！　良かった!!　お母様の馬車の色違いだぁ！

焦ったぁ……エリーゼの趣味って、ちょっと渋いのかなぁ？　黒、多いよね？　ドレスはそうでもなかったけど。いや、ドレスはなんかアレよ……えーと、王室典範に則《のっと》ったドレスだったから色合いが微妙にね……今、着ているのだって黒ばっかりだしね。

いや、なんちゃらゾ○みたいでカッコイイけど、さすがに同じようなのがたくさんあったことを考えるとね……まぁ、いいや！　それよりも早く乗らないと！　おっと、その前に！

くるりと後ろを向いて、執事を見つめる。

「教えてくれて、ありがとう。これ以上のお別れの言葉なんて言いたくないわ、また会える日まで！」

「はい！　行ってらっしゃいませ！」

私は頷き馬車に乗り込んだ……中、広っ！　広いなー！　驚きだよ。

ポスンと座るとアニスが乗り込み、目の前の座席に座った。扉が閉められ、ゆっくりと馬車が動き出す。馬車は止まることなく、進んで行く。カーテンを開け、窓から邸《やしき》を見る。

八年間過ごした邸《やしき》……毎日毎日慌ただしく過ごした日々、いい思い出も大変だった思い出も詰まった邸《やしき》。

王子妃教育だって嫌いじゃなかった。ダンスだってマナーだって同じ年頃の貴族子女のお手本となるべく必死に努力した。王宮で教えられ、邸《やしき》でレッスンを重ねて……どれだけ悔し涙を流したか……先生に褒《ほ》められてどれほど嬉しかったか……

どんどん離れてゆく邸《やしき》が滲《にじ》んで見えなくなる……見慣れた門扉が……ぼやけた門扉が目の前を過ぎる。出てしまった………王都の邸《やしき》から出てしまった……馬車は停まることなく進む。下から感じる振動によって、王都の石畳を進んでいることを嫌でも思い知らされる。

「エリーゼ様、アニスがそばにいます。ずっとずっとそばにいます」

いつの間にかアニスが隣に座り、柔らかい手巾《しゅきん》でポンポンと顔を拭かれた。

「フッ………う………」

アニスに抱きつき、私は滂沱《ぼうだ》と涙を流した。ソッと私を抱き締めるアニスの温もりが優しくて、私は甘えて泣き続けた。

やがてゴトゴトと進んでいた馬車が停まった。体を起こし、窓から外を見ればそこにはたくさんの馬車が停まっていた。私は目尻に溜まっていた涙を手で拭き取り、外を見回す。

立派な馬車には寄子《よりこ》貴族の紋章が付いている。……あれらは領地まで同道する馬車だ。それから幌《ほろ》の付いた荷馬車が何台も……十台以上の荷馬車が停まっている。その向こうにも幌《ほろ》が見えるからもっと停まっているのだろう。その間を多くの兵士や騎士がうろついている。コンコンと窓が叩かれ、アニスが立ち上がり窓へ近寄っていくとパカリと内側に窓を開いた。

「どうしましたか？」

「エリーゼ様の馬車の周りは、私たち専用護衛騎士団が囲みます。是非とも安心してください」

エリックでした。専用護衛騎士団？　なんじゃそりゃあ！

「え？　専用護衛騎士団て…………え？　私、そんな大層な騎士団、知らないのだけど？」

不思議に思いながら小首を傾げて尋ねる。すると、エリックは大きく目を見開き驚いてます。

困ったな？　とアニスを見れば、アニスまで眉根を寄せて信じられないって顔で私を見てます。

……え？　なんで？　私、何か変なこと言った？　言ってないよね？

「エリーゼ様……エリーゼ様がふんどしたいと仰《おっしゃ》る者たちが、エリーゼ様の専用護衛騎士団です」

な、なな…………ナンダッテー!!　エリックの言葉に愕然《がくぜん》とします。

あの変態集団がそんな立派な名称をつけられた、私専用の護衛騎士だってー!!

「エリーゼ様、ちょっとヒドいです。今までだって、ずっとエリーゼ様の移動の際には護衛していたでしょう」

アニスの言葉に色々、思い返す。そうだった……いつも私の護衛は、あの変態集団の誰かだった……まさか私専用だとは思ってもみなかった……だって、ちゃんと見てるときはふんどし一丁だもの。

「えっと……ゴメン、ふんどしたいと覚えていたから忘れていたわ。ありがとう、心強いわ！」

そうだ、こんなときこそ笑顔で誤魔化すんだ!!　淑女の微笑み百パーセント!!　受け取れ！　犬ぅ!!

「くっ…………エリーゼ様、そのような笑顔……私、エリック・ノーチェス、命が続く限りエリーゼ様をお守りいたします！」

マジか……でも、エリックさぁ……ヤバくなったら八丈島に強制収容だって分かってる？

まぁ、いいや！　その気持ちだけでも受け取っておく！

「ありがとう、頼んだわよ！」

エリックはビシィッと敬礼ポーズを決めると、どこかに消えました。

「あっ！　あっちの馬を連れてる集団、あれがエリーゼ様専用護衛騎士団だわ。同じ服装だから、分かりやすくていいですね。後……シュバルツバルト家の領兵がいるけど、私では分からないなぁ……」

「うん？　どれどれ？」

アニスの指差す方向にいる兵士らしき人たちは確かにウチの……領兵ってか、あれは領主隊の人たちだ！　色々いるから分かんないよね？

「アニス、あの人たちは領主隊といってシュバルツバルトの領兵の精鋭よ。大型の魔物討伐に出るような方たちよ、心強いわね！　頼もしいこと請《う》け合いよ！」

つい笑顔になってしまいました。だって本当ですから！

「そうなんですか！　エリーゼ様が頼もしいと仰《おっしゃ》るくらいですから、本当に頼りになるんですね！」

アニスもつられて笑顔になりました！

そのとき、騎乗した領主隊の伝令係が寄ってきた。伝令係は一目で分かるように旗をつけた竿《さお》を背中に括《くく》りつけているのだ。私は慌てて窓に寄ると、伝令係が和やかな顔で一礼し真っすぐ私を見た。

「お初にお目にかかります、二番隊伝令係を務めております、パウルと申します。領地まで同道する領主隊は二番隊・三番隊・四番隊です。各後方支援部隊も同道しておりますので、かなりの人数となっております。討伐しながらの帰路となり、お嬢様にはいささか辛いこともあるかと存じますが、何卒お許しください。では、失礼いたします」

二番隊と三番隊……キャスバルお兄様とトールお兄様が指揮する隊だ、ガチで安心！　伝令係のパウルはそのまま馬に乗って、どこかに行ってしまった。

コンコンと反対側の窓が叩かれ、見みるとそこにはシルヴァニア産の大きな黒い馬に乗ったルークがいました。なんともかっこいい黒馬です。とりあえず手を振って笑顔にしておきます。

ルークは笑顔で小さくガッツポーズをしてから手を振って、少しだけ前に移動しました。

ふんどしたいが騎乗して私の馬車の周りを固め始めました。エリックはルークの反対側の少し前に移動し停まってます。どうやら、彼らの中でどの位置につけるか話し合いがあった模様です。

そんなに馬車につく位置が重要なのでしょうか？　でも、変に揉めて旅の最中ケンカするとかあり得ませんしね。私の馬車のドコにつくか決まったと思いましょう。今落ち着いて騎乗しているということは、そういうことだと思って黙っときます。

アニスは超いい笑顔で窓をパタリと閉めると、カチンと留め金を起こして留め、対面の座席に座った。窓はそんな風になっているのね……色々仕掛けがあるみたいだなぁ……高機能馬車かぁ……

そんなことを思っていたら、ゆっくり馬車が動き出しました。いよいよ領地に向けて出発です。

旅路

動き出した馬車は、ゆっくり移動です。そら、もうノンビリです！

窓の外に広がるのは収穫の始まった小麦畑でした。……畑に肥料とかやってんのかね？　痩《や》せた土地だと、実入りが悪くて、美味しくならないんだよね……

広い街道を進んでいるけど、どっちの街道を使って領地に行くんだろう。領地に行くには帝国の行商人が使う内陸側の街道と、シュバルツバルト領とウナス領の塩商人が使う海側の通称・塩街道がある。他にもあるけど、そこは割愛《かつあい》です。左の街道なら山側だけど……ガタッと揺れた馬車は右側へと進んで行く。塩街道に入ったのだ。

ゆるゆると進む馬車の中で私とアニスは魔法を使い、ガタガタ道の振動を感じないようにしていた。お尻が痛くなるくらいなら、魔法で感じないようにする方がマシです！

「エリーゼ様に教えてもらった魔法、すごくいいです！　使用する魔力も少ないですし、本当に楽です！」

アニスったら……そんな可愛らしい顔で言っちゃうなんて……そうだ！　ドライのこと教えておこうっと。これも必要になるものね！

「アニス、ドライの魔法のことなんだけど。簡単に説明するね」

アニスは真剣な眼差しで私を見て、コクリと頷いた。

「ドライは風魔法じゃなくて、水魔法なの。対象物から魔法で水を取り去る感じなんだけど、こればっかりはやってみないと分からないかも」

アニス、うーん？　うーん……とか言ってます、すごい考えてます。とにかく……アニス、頑張れ!!　後で何回かチャレンジしてみよう！

ん？　何かドッカドッカすごい音が聞こえる……外っぽいけど……馬？　あれは伝令係だけど……

「今のなんだったんですかね？」

「伝令係に見えたわよ、旗をくっつけていたもの」

二人して顔を見合わせ考え込む。あれだ、この状態はまさに『バカの考え休むに似たり』ってやつだ！　正しくは『下手の考え休むに似たり』だろうけど。まぁイイヤ！　そのうち分かるでしょう。

なんとなくステータスウィンドウを表示する。

……スキルが並ぶウィンドウの右上に、小っさく表示されてるマップ。八丈島の地図でもないみたいだし、小さいもんだから今まで気にしてなかったけど、そろそろ活躍してもいい頃合いよね。

でも、この地図、小さくて良く分からない。どうしようか？　もう少し大きくならないのかしら？

〈マップの表示サイズを変更しますか？〉

はい、何かメッセージ来ました。変更します、ですよ！　だって小さすぎて使えないんだもん！

〈マップをタップしたあと、指二本で拡げたり縮めたりしましょう。好みのサイズに変わります〉

スマホか？　スマホのマップ拡大縮小かよ！　便利にもほどがある！　ありがとう!!

さっそくステータスウィンドウをタップする。スカッと手が通り抜けることがないのが不思議。見えない透明な板があるみたいでなんの苦もなくタップできる。軽くタップしたあと、人差し指と中指でマップを拡大してみる。

……地図自体の表示サイズだけが変わりました。

いいんだけど……間違ってないんだけど……そうじゃなくてね、こう……見たい場所を変えるというか、詳細が分かるようにしたいっていうね。

〈広域詳細の設定変更をしますか？　マップの下に表示します〉

マップの下にナビみたいな枠で囲まれた文字が出現しました。広域の表示の下に詳細と出てます。

迷わず詳細をタップします。

……表示されてる地図が拡大されて道が出てきました！　さらにタップです！　なんと自分の位

置が分かるようにマークが付いてます。

どうやらこのマップは、現地点を表しているみたいだ。うん、これで周りも分かるし自分の位置も分かる！　このサイズでいいかな？　これで魔物とかの表示がされたりすればいいのに！　残念!!

〈魔物などの表示にはレベルが足りません。経験値を取得してください〉

メッセージ、ありがとう……分かってるけど、経験値を取る機会は未だ来ないのだよ。

このペースで進むと夕方までに、街道の先にある村に着く予定なんだろうな。

外を見ればいつの間にか小麦畑はなくなり、高さのあるススキみたいな植物が群生する草原地帯になっていた。……これは、見通しも悪くて嫌な感じだ。こんなところを歩いて行くとか、無理だな！　危ないことこの上ないよ!!　どうしよっかなー、武装するべきかなぁ？　でも、この近さだと村に到着からの宿泊の流れかもしれないしな～。

「伝令！　伝令！」

あら？　伝令係の声が聞こえるわ、何かしら？　なんだか慌ただしい様子だ。

「一体何があったというのかしら？」

とりあえず、待ってみよう！　そうしよう！　だって、しょうがないじゃない、馬車の中ですもの（笑）

しばらく待機していると、コンコンと窓が叩かれる。見れば、先ほど挨拶にきた伝令係のパウルだった。

「アニス、窓を開けて話を聞きましょう」

「はい」

素早く窓を開けて、伝令係からの言葉を待つ。

「ありがとうございます。本日は、宿泊予定の村を通りすぎた平原にて野営することとなりました。馬車の配置などは後ほど二番隊の者が馭者《ぎょしゃ》に伝えます。不便をおかけしますが、何卒お許しください。では、これにて！」

業務連絡です、いきなりの野営です！　ワクテカです！　野営するなら武装するべきでしょう！　いよいよ武装です！

「アニス、武装を出してちょうだい」

アニスはコクリと頷くと立ち上がり、さっきまで座っていた座席部分をヒョイと持ち上げる。すると収納スペースが出てきました。スゴイですね。

白い艶々《つやつや》と輝く毛並みのロングベストを手渡されました。これを羽織れってことかな？

アニスはもう一枚同じようなロングベストを出すと、自分の肩にかけて、さらに何かを出してきました。受け取って見てみても、なんだか良く分からないものですが、ベストと同じ素材だということは分かります。それを四枚出すと、今度は長い剣を一振り、短い剣らしきものを四本と、何か分からない武器っぽいものを一つ。武器はベルト付きです。

次々と出されたものは私の横に置いて待ちます。最後にやはりベストと同じ素材のものを四枚出し、何かの革製の手袋を二組出すと、アニスはパタリと座席を元に戻しました。

アニスはクルリと振り返ると、肩にかけていたベストを座っていた座席にポイと投げて、近くに寄ってきました。

「着付けをいたしますね」

ベストを手に取りカチャカチャと何かを外し、私の肩にかけ腕を通す。前の合わせが何か……センターで留めるんじゃなくてサイドで留めるようになってる……襟《えり》の感じといいベトナムのアオザイみたいなデザインだな……。パチパチと右の内側で金具を留める。前を被せるように合わせて左の脇の下の金具を留める。

あったか〜い♪　ナニコレ！　すっごい暖かいんですけど！

あのなんだか良く分からないものは、ブーツカバーのようなものでした！　膝から下がポカポカします！　最後の方に出されたものはアームカバーでした。肘の少し上を金具で留められましたが、稼働しやすいようにゆったりとしてます！　袖口も広くてちょっと可愛い感じです。

手袋は指先が出るタイプのものでした。

自分ではめましたけど……なんて言うか、暖か装備なのです！　ステキ!!

感動していると、カチャカチャと短剣二本が付いた太いベルトをつけられます。ウエストにピタリと合わせられキュッと絞《しぼ》られる感じがして、身が引き締まります。さらにその上に、ベルトを斜めになるようにつけられました。こちらには細めの長剣が付いてます。

「お待たせいたしました！　エリーゼ様の冬武装、可愛いですよね！　私もお揃いにしたんですよ！」

アニスは誇らしげに胸を張って言い切ると、クルリと振り返り、自分の武装を身につけ始めました。

……アニスのベストはバックスリットじゃなくて、サイドスリットなのか……しかもスリット深っ！　……ワンピースタイプの上に羽織ると可愛さが増すなぁ。

ブーツカバーにアームカバーに手袋と、私をチラチラ見ながら着けていくアニスはちょっとだけ可愛かったです。ちょっとだけですよ……短剣二本が付いたベルトをつけた姿も可愛かったです。

ただ……その後、何やら分からないものが付いたベルトを締めた姿に、ちょっとだけ違和感を覚えました。……そう、たとえて言うなら禍々《まがまが》しい……可愛いのに禍々《まがまが》しいとかなんなのでしょう。

「アニス、その……それって武器よね？　良く分からないのだけど……なんなの？」

恐る恐る聞いてみます……アニスは聞かれるの待ってましたとばかりに身を乗り出します。

「これですか？　これですよね！　これは私専用の暗器です。あっ！　暗殺用の道具のことを暗器って言うんです。古くからの呼び名で、由来とかも良く知らないんですけどね」

まさかの暗殺用の道具ときましたか……そりゃあ違和感です……何か特殊攻撃用の道具かと思えば、対人の殺傷能力高い道具とか、一体何と闘うつもりなのかと問いたい。ニコニコと笑顔を振り

まき、対面に座るアニスは可愛いのに、なんだか見てはいけないモノを見た気持ちにさせてくれました。

馬車は進むよ、ゴトゴトと一♪　馬車の中は適温設定にしていたので、ただ今ポッカポカで眠たくなります。

「アニス。アニスはこの武装の素材が何か知ってる？」

眠気覚ましに何か話をしないと、寝ちゃう！　この可愛くて暖かい武装の素材の謎を聞いておきたい。

「知ってますよ！　白大兎《しろおおうさぎ》ですよ、すごいですよね！　大型の魔物なんですよ！」

白大兎？　大型の魔物……？　魔物図鑑、送っちゃったから調べようがないや……

「アニスはどんな魔物か知ってるの？」

「見たことはないですけど、父様から聞いて知ってますよ。なんでも人の背丈よりもずっと大きい白い兎なんですって。氷の上をものすごい勢いで滑ってきたり、大きな爪を振りかぶって氷を飛ばしてきたりして厄介《やっかい》な魔物だとか！　山脈のあちこちにいるんですって」

………その白大兎って、私、良く知ってる気がする……。いや、リアルじゃないけど……そうか、あれの毛皮で作った装備か……うん、白くて暖かいのは納得だよ。なんてったって雪山とかが生息地域だよね……そうか、こんなに毛が短いのか……

「白大兎ってものすごい毛が長くて、生きてるときは滑りやすくするために毛が束になってるのに、死んじゃうとバラけてフワフワになるんですって。で、その長いフワフワの毛を織物にして残った皮を武装に使うんです。だから、この武装の毛は織物になっちゃってるんですよ。きっとエリーゼ様のドレスか何かに使われてると思いますよ！」

なるほど、説明ありがとう！　肉はきっと食べてるな……兎ってジビエ肉だもんね。む？　そろそろ村かぁ……いや、マップで見る限りなんだけどね……通過しちゃうけどね。馬車がゆっくりと停まる。馭者《ぎょしゃ》の腕前が確かすぎて驚きだね。

「そう言えば、なんで野営になったのかしらね？」

「そうですね？　でも、私は野営で嬉しいかな～。だって、エリーゼ様、晩ごはん作りますよね？　お手伝いしますから、一緒にごはん作りましょう！」

理由は知らないけど、野営ごはんが嬉しいか……野営……キャンプ……キャンプ？　キャンプと言ったらバーベキュー！　待て！　バーベキューにするにはいささか材料が足りぬ！　野菜メインのバーベキューとか嫌すぎる！　肉！　肉が足りぬ！

……何か、美味しい肉の魔物を手に入れないと無理！　今日はポトフ的なやつにしたらいかがだろう？　パンもたくさんあるし、料理長と相談しよう！　そうしよう！

「アニスの気持ちだけで充分よ。料理長と相談して、何か温まる美味しいごはんを料理人たちと作るから期待してて！」

アニス、ブーたれました。ほっぺたを膨らまして、聞こえないような小声でブチブチ言ってます。

器用だね、ほっぺた膨らましながら文句垂れるとかスゴイナー（笑）

ユルユルと馬車が動き出し、村の大通りらしきところを進んで行きます。

「あら、村ってこんな感じなのかしら？」

小さい家々に小さなお店、人通りもまばらでちょっとだけ寂しい眺め。村人の哀しそうな顔……なんでかしら？　ここで買い物なりなんなりしないからかしら……でも、こんな大所帯ではとても村では賄《まかな》いきれない。

村を通りすぎたところでの野営だから、後で買い出しに行くかもしれないし、そのとき村人たちと何かやり取りがあるかもしれない。

「そうですね……でも、私の知ってる村の様子とは違いますね。なんというか……この村は寂しげな村ですね」

アニスは寂しげと言った。そうだ……寂しげな村、哀しそうな村人……王都に近い、この村の有様に私は内心驚いていた。

村を抜けて少しだけ移動したところで、周りを固めていた四番隊の馬が駆けていく。窓から彼らの様子を眺めていると、駆けた先の草むらから炎が上がった。そして、あっという間に草むらが焼かれていく。

焼かれた広い空き地に騎乗した領主隊の面々が駆けて行き、何かしら動いては手で大きく合図している。

「野営は初めてだからドキドキするわね」

アニスはブーたれていた顔を止め、キラキラした目で窓の外を見つめていた。

「私もドキドキします！」

ザカザカ動く領主隊の人たちの大きなハンドサインと共に馬車が動く。お父様やお兄様たちの馬車が停められ、私たちが乗っている馬車が動き出す。やがて馬車が停まり、馭者《ぎょしゃ》から待っているように言われる。どうやら私の乗る馬車は、空き地の外側寄りに停められたようだ。

どんどん中側に馬車が入れられていく。寄子《よりこ》貴族や使用人たち、王都民たちの馬車だろう。

ガチャガチャと騒がしい音が聞こえたかと思うと、ガンガンと何かを打ちつける音があちこちから響いてきた。

「外からよね？　何をしているのかしら」

なんとなく予想はできる。たぶん、魔物除けの杭《くい》を打っているのだろうけど……

「なんでしょう？　……あっ！　こっちじゃなくて外側です！　領主隊の方が何か杭《くい》を打ってますよ！　あれって魔除けですよね！　きっと！」

「そうよね。アニス、ありがとう」

私がそう告げると、アニスがパアァァァと笑顔になりました。アニスがヒロインならチョロインと呼ばれそうなチョロさです。

コンコンと馬車の扉が叩かれ、開かれました。伝令係のパウルです。

失礼じゃないの？　なんてつまんないこと言いませんよ！

「失礼いたします。野営の陣地が整いましたので、馬車から降りてくださって構いませんよ。今日はもう馬車は動きません。では、失礼いたしました」

サッと言うと、スッと消えました。きっと他の馬車にも声をかけに行ったのでしょう。

「アニス、降りましょう。どうなってるのか見に行きたいわ」

「はい、エリーゼ様！」

そう元気良く返事をすると、アニスはちゃっちゃと馬車から降りて私を待ってます。彼女の手を借りながら地上に降りると、馬車から馬が外され車輪止めがしっかりされてました。

私の馬車は、キャスバルお兄様とトールお兄様の馬車の間に停められています。それぞれ結構スペースを空けて停まっているのですが、その間に馬たちが繋《つな》がれてます。

お兄様たちはすでに馬車から降りたのか、扉は閉められ、馭者《ぎょしゃ》が馬の様子を見ていました。

「アニス、きっとお父様やお母様たちは中央辺りにいる気がするわ。行きましょうか」

コクリと頷くと歩き出した私の横に付いて、一緒に歩く。私たちは中央の開けた場所に着きました……お父様もお兄様たちもいます。当然側近たちもいました。

……………お父様、お母様と侍女三人組の武装はそれでいいのですか？　いいんですよね！　今！　その！　格好で！　話をしてるってことは!!

ぶっちゃけると、お母様の武装は、真っ黒なテカテカというかツルツルというか光沢のある革製です。そして、ボディにフィットしまくってるパンツスーツというかラバースーツというかライダースーツのようです……悪の女幹部のようです。

ヒールのある（たぶん十センチくらい）ニーハイブーツです、同じ革製です……パンツＩＮです、ボディラインが丸分かりです。やはり同じ革製の長手袋は上腕で金具でもって留められてます。

エロカッコイイです……名作コ○ラにこんな格好の女性がいそうです！　これだけなら、エロカッコイイ女王様ですが、先が金属製の鞭《むち》とか、得体の知れない棒状の何かを腰に装備してぃて……明らかに逆らったら死んじゃう装備な気がして堪《たま》りません。侍女三人組も似たような格好です。なんでしょう……お揃いですか？　お揃いですよね！

後ろにいる寄子《よりこ》貴族の男性陣が小声で、何か言ってます！　さすが！　とか、素晴らしい！　とか……お前たち……奴隷希望者か……私の心が荒《すさ》みそう（泣）

お父様……は……なんだアレ？　青黒い鎧《よろい》？　良く分からない鎧《よろい》的な武装でした。革製にも見えるし、なんだろう？　聞けばいいか……鑑定はしたくない!!

……キャスバルお兄様は、赤い革製のコートにブーツ……赤とか……コートの上から胸当てを着けてるだけでした。武器は長剣のようです。レイはキャスバルお兄様とお揃いでした。

トールお兄様は、デザインはキャスバルお兄様と同じで、色違いのものでした。

黄色っぽいような緑色のような不思議な色です。やっぱりフレイもトールお兄様とお揃いでした。

「母様たち、格好いいですよね！　あれシルヴァニアの女性が愛用している武装なんですよ！」

アニスが頬を上気させながら私に言う。

その情報いらない！　あれが標準武装とか、どうなってるのシルヴァニアの人たち!!

「エリーゼ、早くいらっしゃい」

お母様に呼ばれました。泣きそうな気持ちを押し込め近寄ります。

馬車の陰にいるルークと目が合いました。アイツ怖気《おじけ》付いたのか！　許せねぇ！

「はい、お母様！　ルーク！　貴方もいらっしゃったらどう？」

大きな声で呼んでやったぜよ！　ショック受けた顔しても無駄だ！　早よ来い！　私たちはにこやかに、お母様たちに歩み寄りました……ルークも笑顔を貼り付けて、ゆったりと近寄ってきました。

「今日の野営の食事、期待してるわ」

やっぱり、そうか！　もちろんやるわよ！　ぐるりと見回すとウチの使用人たちの一団がいました。

料理長とバチッと目が合い、思わず料理長に走り寄りました……逃げ出すわけじゃないよ。

「今日の晩ごはんは、とりあえずポトフ……じゃ分からないか……野菜と肉がたっぷり入ったスープとパン、後はリンゴをたくさん買ったから、それを少し薄めに切ったものを甘く煮て食べましょう。荷馬車の荷台に鍋や材料を出すわ。……焼き台がないわね、ちゃっちゃと作るわ」

そんなときでした、島にお知らせランプがつきました。今、このときに収穫タイムですか！　そうですか！　まるで神のお助けです！

「料理長、ウチの荷馬車どこ？」

探すより聞く方が早い。「あぁ……」とか「はい」とか言いながら指差した方向を見れば確かにあった。

私は走って荷台に寄り、八丈島のアイコンをタップしてメッセージを読み込む。間違いなく収穫のお知らせだ、しかも全作物できてた。

迷うことなく収穫をする。変だなー？　とか思うけど、できてるなら収穫する！

テンサイ・小豆《あずき》・イチゴ・ナガイモを一気に収穫すると、レベルアップのメッセージがガンガン流れてくる。最終的にはレベルが4から12まで上がってました。作れる作物もかなりの量解放されたし、畑の面積が十五面から三十面に増え……増えて…………やったー!!　米ってある!!

それだけじゃない！　畑の周囲の茂みは林でした。その林で木を伐採できる！　果樹が植えられる！　ロッジがレベルアップできる！　すごいすごい!!

……うん？　なんだろう？　プレゼントボックス……？　なんだろう？　とりあえずタップ。

〈レベル10おめでとうございます！　特別プレゼントとしてスペシャル肥料セット五つを受け取ってください〉

肥料セット？　なんだろう？　とりあえず指示通りに受け取って、説明を見てみる。

何々……肥料セット一つで畑全面に使用できます。……だと!?

し・か・も！　肥料セットには時間短縮の効果があり、一つ使用すれば全ての作物を一時間で収穫できると……何、その超素敵肥料!!

嬉しすぎる！　さっそく使い方を確認する。

作物を植える↓肥料セットをタップ↓使うを選択。

なるほど！　簡単だな！

よし！　畑を広げて……全面三十に米を植えて、肥料セット一つ使用……

〈米は一時間で収穫できます〉

いいメッセージが来た！　どれくらいできるか分からないけど、嬉しすぎる！

米のことは一回置いておいて、無限収納から野菜や肉、リンゴに大鍋にとドサドサと出して荷台をいっぱいにする。くるりと振り返ると料理長が黙って待っていた。

「料理長、野菜の下ごしらえをお願い。大きめのカットで構わないわ。肉も大きくカットしておいてね。カットが終わったら、鍋に同じように入れておいてちょうだい」

指示を出して中央の空き地に駆け戻ると、家族全員が何やら話し込んでいた。

その脇辺りに土魔法を使ってかまど……というより、バーベキューコンロ的な奴を作ることにする。そっちの方が便利な気がする。田舎暮らしのオシャレ爺《じい》さんが自慢していた耐火レンガのバーベキューコンロを思い浮かべ、土魔法を発動する……あら、不思議！　あっという間に同じようなバーベキューコンロができました！　だが、火を投入したら崩れ落ちた！　なんて話にならない！

ここで鑑定！

〈バーベキューコンロ：炎魔法を使って高温にしても壊れない。大きな鍋が五つ並べて使える〉

いいものできた！　やったね♪　ラーメン屋の寸胴五個並べてもヨユーっぽい！

「エリーゼ、何作ってるのかしら？」

うん？　話しかけられた？　パッと声の方を見ればお母様でした。

後ろにお父様とお兄様たちがにこやかに立ってました。あるぇ～私ヘタこいた？

「えーと……晩ごはんのためのかまどを作りましたが、何か？」

「へぇ、立派なバーベキューコンロを作ったなぁ。でも普通は土魔法でこんなもの作らないよなぁ」

呑気なルークの言葉が後ろから聞こえた……普通は作らない……だって？　マジか！

「そうね、作らないわね。でも土魔法で作れるなんて、すごいわね。色々なものが作れるわね。それこそ石壁も作れるんじゃないかしら？」

ふむ？　シンキングタイム!!　チーン♪

「魔力があれば、作れるでしょうね。それこそ石造りの邸《やしき》も可能でしょうし、もっと大規模なものも人数がいれば可能でしょう」

思いついたことを、そのまま言ってみる。お母様は少し首を傾げ、困ったように微笑むと、小さく「さすがというか、すごいわね……」と呟いてお父様のそばに寄って行った。

「お嬢、できやした！」

そのとき、料理長が叫び、後ろに続く料理人たちも大鍋を持って待機していた。

待ってました！　仕事が早いって大事！

「こっちよ！　ここに載せてちょうだい、薪《たきぎ》……ないか。困ったな……しまった……」

……いや、待て！　島のアイコンをタップして林を伐採↓伐採した木材を無限収納にイン！　木材は太い幹と枝に分かれてました。枝をコンロの下の方に出します、バンバン出します。小っさな声で「ドライ」と呟くと、枝はあっという間に枯れ枝になりました！　便利!!

今度は小さな声で「ファイヤ」。小さな火が枯れ枝の葉につきました。

鍋に水は入ってないので、今度は鍋の中に向かって「ウォーターボール」と囁《ささや》き、現れた小さな水球を鍋の中に落とします。ヒタヒタでちょうどいい量です。

「料理長、鳥ガラと牛ガラの塊を入れて味を調えてちょうだい」

「分かりやした、お嬢。ガラだけでいいですか？」

「うーん……塩を少し足してもいいかな？　野菜や肉に火が通ったら味見してみてくれる？」

「畏《かしこ》まりました」

何回も色々やり取りしてるからか、彼とは分かり合ってる部分がある。そんな私たちのやり取りを王都民が遠目でも分かるくらい、驚いて見ていた。

すでに火はボウボウです（笑）

燃え盛っております！　料理長がガラの塊を投入してます！　とにかくいい匂いがしまくってま

す！（ちなみにガラの塊とはガラの木の実の固い部分）

「いい匂いがするな」

ルークの独り言が真横から聞こえます……独り言かな？　違ったらイヤだわ。

「独り言かしら？　それとも話しかけられたのかしら？」

私も独り言風に言ってみる。

「話しかけたんだよ、俺の婚約者殿は料理上手で美人でスタイルもいい。理想の嫁さんだね」

……そんなこと、初めて言われた！　美人でスタイルいいとか、こんな風に言われたことなかった。

美人なのは親からの遺伝子の影響が大きいと思うけど、スタイルは日々の努力の積み重ねだもの。素直に嬉しい。

料理は前世のおかげとしか言いようがないけど、でもこんなに色々作れるのは両親が許してくれるからだ。高位貴族の令嬢が自分で料理だなんて、普通だったら許されない。

思い返せば高位貴族令嬢って、ウンザリするくらい狭い世界の中で雁字搦《がんじがら》めな生活なのよね……まぁ、その中でうまくやって、お楽しみを見つけられるのが一流の淑女だと私は思うのだけど。その中でも王族に輿入《こしい》れする……となると、さらに難易度が上がるのよね。

まぁ、いいや……それよりもデザートのリンゴをやっちゃわないと！

「とりあえず、ありがとう。異性に褒《ほ》められたことがなかったから新鮮だわ。デザートの指示を出しに行くから、失礼するわね」

ルークにお礼を言って、手持ち無沙汰な料理人に寄って行く。料理人はすぐさま気付いて私に駆け寄り、私の指示を受けようとしてくれている。なんて気の付くこと！

一緒に荷馬車に向かいながら、頭の中でコンポートの作り方を思い浮かべてみる……確か砂糖水で煮るんだけど、ワインとか少し入れたかな？　色付け程度に入れる？　どうだったかな？　リンゴが赤いからなくてもいいかな。荷台に残されたリンゴの山を見て、大鍋を二つ出す。

「リンゴの皮は剥《む》いて、芯は取ってちょうだい。捨てるのはなしよ、一緒に煮るから。こう……縦に八等分になるように……えぇ、そう……そうね、えぇ……全部、鍋に入れて……できたらコンロに持ってきてちょうだい」

身振り手振りで説明をして、料理人に任せてくる。荷馬車の陰に隠れて、無限収納から枝を出しておく……もちろん、まだ使うから。ドライの魔法で乾燥させて、キョロキョロと周りを見回せばエリックがいました！

「エリック、この枝をコンロの近くに持って行ってちょうだい」

エリックは嬉しそうに駆け寄り、ニコニコしながら枝を抱えて持って行きました。

後でご褒美《ほうび》ですね！　何がいいのか予想がつきますけどね！

私はのんびりコンロに向かいます。料理長はできる男です！　一度アク取りの必要性を説明したら、次からは何も言わなくてもアク取りしましたからね！

食器の類《たぐい》は荷馬車に載せているので、ウチの使用人たちが動き回ってます。日も落ち始めて、馬車の外についている照明が明るく灯されます。晩ごはんの時間が近いと感じて、お腹が小さく鳴りました（笑）

バーベキューコンロに近寄ると、なんとも美味しそうな匂いでクラクラする……そういや、今日は午後のお茶の時間がなかった……なんとも燃費の悪いボディだよ。グツグツとなんとも食欲をそそる音を聞きながら、わずかに覚える違和感の正体を探す。

………なんだろう？　………何かが変なんだよなー、分かんないなぁ。この世界だからこその違和感なんだよね……

バーベキューコンロを見ながら、何がおかしいのか分からずに考え込む。

「なぁ、エリーゼ……このコンロ、本当にバーベキューをするやつなんだな」

ルークが後ろから小さな声で話しかけてきまし……ちょい待て、バーベキューするやつ？　どういうこと？　何が言いたい？

「この世界って、このタイプのやつないだろ？」

はっ!!　そうだ！　この鋳物《いもの》タイプの網はこの世界にはなかった！　やっべー!!　やっちゃったよ!!　しまったぁ〜〜!!

「よくできたなぁ……どうすればできるんだ？」

グリンと振り返り思わず睨んでしまいました……どういう意味よ!?

「それが分かれば苦労しない！」

泣きたい……きっと、土の中にあった鉄的なものが、私の魔法で勝手に鋳物《いもの》の網になったんだろうけど……魔法って便利だけど、説明できないことが多すぎる。

「ごめん、確かにそうだな。前世で見聞きしたことが、魔法でパパッとできちゃうと説明できないよな。悪かったよ、だから……泣くなよ」

「泣いてない！」

「うん、泣いてたらどうしようと思って」

なんなの！　無駄にいい声で、優しいこと言うとかイケメンなの！　イケメンだけど!!　ちくしょう！　乙女ゲームの攻略キャラだけあって格好いいよ！

でも私、こんなことで揺らいだりしないから！

「本当、悪かった。魔法ってチートだよな……知識があれば、トライできるもんな。エリーゼ、ありがとうな……だからさ、そんな顔するなよ」

「そんな顔って、どんな顔よ……」

ルークは少しだけ困った顔で、苦笑いしてる。イケメンはどんな顔してもイケメンだよ！

「泣きそうな、困った顔。困らせたかったわけじゃないし、泣かせたいわけじゃない」

スゥ……ハァ……ちょっとだけ、深呼吸をして気持ちを切り替える。

そうだ、なんの気なしに出た言葉に狼狽《うろた》えるなんて、私、弱ってるのかな？　……違うな……王都を出た、そのことが私の気持ちをちょっとだけ下り坂にさせてる。領地に戻る喜びより、今は別れの悲しみに囚われている……だから些細《ささい》なことでも、傷付くのかな……

「うん……もう大丈夫。……日が沈むと、コンロの炎ってなんだかホッとするね」

「そうだな、炎の明かりって癒《いや》されるな」

パンを配るかけ声や木の器に次々とポトフを入れていく音、人々が群《むら》がり喜ぶ声が聞こえる。

「エリーゼ、これはエリーゼの分だよ」

ふと頭上から声が落ちてきて、目の前に、器に入ったポトフと木の匙《さじ》が差し出された。顔を上げると優しい笑顔のキャスバルお兄様でした。

「ありがとうございます、キャスバルお兄様」

温かいポトフのスープを匙《さじ》で掬《すく》い、そっと飲み込む。

「あったかい……温かいものをいただくと、心が安らぐわ。きっと王都民の方たちも気持ちが落ち着くでしょうね」

「そうだね」

私はポトフを受け取り口にして喜ぶ人たちに、心が温まるのを感じた。

ポトフをハフハフしながら食べる。リンゴの下ごしらえできたかなぁ？

……ジャガイモ美味しいなぁ。ポトフといえばソーセージだけど、こっちで見たことないのよね……ルークは知っているかしら？　ソーセージ食べたい……まっ、なければ作ればいいか！

ちょっと離れたところで、ルークとキャスバルお兄様が一緒に食事を取っている。二人とも仲が良さそうで、ちょっとだけキャスバルお兄様にモヤモヤする。

レイがおっとりした雰囲気で二人に近づいた。なんか三角関係のメロドラマみたいで、勝手にドキドキする。

ホンワカキャラのレイを取り合うイケメン二人！　ずっと共に過ごす主人と若い隣国の皇子に愛され翻弄《ほんろう》される！　なんて、下らないことを想像する。

そんな甘い感じがないので、実際は私が妄想するような話じゃなくて、政治的な話だったりなんだったりするんだろうけどね。

「あ、エリーゼ様！　リンゴの下ごしらえがすみました。こちらに持ってきますか？」

リンゴのコンポートの下ごしらえを頼んでいた料理人が、私を探してました！

「ちょっと待ってちょうだい、ポトフ食べちゃうわ」

「大丈夫です、ゆっくり召し上がってください。私は荷馬車でお待ちしております」

サラッと言うと、料理人は行ってしまいましたが私は大慌てです！　ポトフもちょっと冷めてきてるので普通に食べられちゃいます。

スープを飲み干して終了です、が……スープ美味しい……お肉と野菜の出汁《だし》が出てて、美味しい……スープが余ったら収納しよう。明日の朝ごはんは、このスープを使った洋風のお粥《かゆ》にしよう。

そうしよう。食べ終わって、近くにいた我が家の使用人に空いた食器を渡す。

そして荷馬車にダッシュ！　さっきの料理人が鍋の前で待ってました。

「待たせたわ！」

びっくりしている料理人を放っておいて、収納から砂糖を取り出しザバザバとかけてから魔法で鍋の中に水を入れる。

混ぜる？　混ぜるのはいいけど、お玉を取りに行かせるのが面倒！

……魔法でなんとかするか……

「静かに撹拌《かくはん》」

クルクルと回りだしたリンゴたち……魔法って便利～（笑）

たぶん、こんな使い方しないと思うけどね！　軽くでいいから、もう終了でいいかな。

「撹拌《かくはん》、終了」

ピタリと止まりました。びっくりしたままの料理人にコンロに持って行ってもらって、火にかけてもらえば良し！　です。

「コンロに持って行って、煮えたら出来上がりよ。よろしくね」

「はっ……はいっ！」

私が荷馬車からソッと離れると、料理人は重い鍋を持ってコンロに向かいました。撹拌《かくはん》が魔法でできるなら、他にも色々と可能かも……そう……圧搾《あっさく》とか！　加熱や冷却も魔法でできるのかもしれない……ビバ！　広がる可能性!!　考え方一つだろうけど、魔法をうまく使って料理界に新風が巻き起こっちゃう！

ニヤニヤが止まりませんよ!! 賑《にぎ》やかになってきているコンロの近くに、ゆっくりと近づいて……

「エリーゼ様、ポトフ美味しかったです！」

立ち止まって声のする方に顔を向け、返事をします。アニスでした！

「アニスも食べたのね、食べる前は何していたの？」

アニスはご機嫌なのか、いい笑顔でした。可愛いなぁ……

「馬車の中で横になれるよう、整えてました。野営なのでゆっくり寝ることはできないかもしれませんが、横になって体を休めることはできますよ！」

なるほど……寝床の準備をしてくれたのね……このアニスの顔からして、寝るときは同じ馬車だね。

いや、自分の侍女を荷馬車に追いやるとかないですけどね！

「ありがとう。今からリンゴのデザートを作るのよ。一緒に行きましょう」

私はアニスに手を差し出し、誘う。アニスはこちらを見て破顔《はがん》し、私の手を握った。

私たちは手を繋《つな》いで、賑《にぎ》やかなコンロのそばに向かう。コンロのそばには、人だかりができてました。リンゴの甘い匂いにつられて、王都民も領主隊の面々も……ルークもガン見してます。

「そんなに見つめなくても、いいのに」

私の独り言が聞こえたのか、ルークがバッと音がしそうな勢いで私の方を見ました……正直、怖いです。

「エリーゼ……これはリンゴのコンポートだよな？」

何を言っているのでしょう？　それ以外の何かを作った覚えはありません。

「そうよ。違うものに見えたかしら？」

嫌味をかましてみました！

ルークは首を横に振って、片頬を上げた。

「いいや。楽しみだ！　こっちに来て、初めてのコンポートだよ！　ありがとう！」

……初めてのコンポート……あれ？　帝国って、お砂糖、流通してるよね？

「ねぇ……帝国って、お砂糖あるのよね？　なんで初めてのコンポートなの？」

え？　と言いそうな顔で見つめられました。私、何か変なこと言った？

「あるけど、かったいクッキーにぶち込んだやつが多くて、後は果物にパラパラッとかけるとかかな？　砂糖を使って煮るとか、ちゃんと調理するとかはなかったな。大体高級品だぞ……あっちでも」

…………マジか！　やっちまったなぁ!!　じゃあ、この場所にいるほとんどの人は初見かぁ！　…………そりゃあ、興味津々だわ。

「それは知らなかったわ。……そうね、知っていてもルークの立場で厨房に入るわけにはいかないわよね。果物にかけるわ……甘いものが少ないものね。昔の日本もそうだったらしいからなんとなく理解できるけど……そうか……高級品だったわね」

クツクツと煮えだしたリンゴに、ちょっとだけ透明感が出てきました。美味しそう！

ふと隣に置かれた鍋に目を向ける。…………ん？　あれ？　ポトフ鍋って配り終えたんじゃないの？　また、何か入ってる。

…………領主隊がいい笑顔で、何かの肉を突っ込みました……一人じゃありません、何人もです……それだけじゃない、王都民が野菜やら肉やらを投入してる？　足りなかったか？　いや、充分あったはず！

「なんで追加投入してるのよ……」

「あぁ、ポトフな。皆、初めて食べて衝撃だったから、もっと食べたいってなって……兵士たちはそこらで角兎を取ってくるって出て行って、民たちは自分たちの分として荷馬車に積んでる野菜を持ってくるってなって。ポトフとパンで俺は結構満腹だけど、食事量が多い人はまだ入るんじゃないか？」

……なるほど……だから、お父様がポトフ鍋の近くで待機してるのね。おかわり分も考慮して出さなきゃダメかぁ。

あ〜それにしてもリンゴがいい色になってきたわぁ!!

わくわくしながらリンゴを眺めていると、ふいに背中に何か柔らかいモノがぎゅっと押しつけられました！　私のお腹に手が回ってきて……お母様に後ろからハグされてます！

わぁ！　ボインボインしたモノが背中に当たるって、こんな感じなんだ！

「エリーゼ、これはまだ食べられないの？　お母様、匂いで変になっちゃいそうよ」

お母様！　何、血迷ったこと言ってますの!?　しかも娘の耳元で甘く囁《ささや》くとか！

「もう少し待ってください」

料理人に言わないと！　もう、端っこに移動させていい頃合い！

「リンゴの鍋を火のない、こちら側に移動させてちょうだい。少し冷まさないとダメなのよ」

料理人は頷いて、リンゴの鍋をこちら側に移動させてくれました。

「あの……なんで冷まさないとダメなのですか？」

うん？　あぁ、そうか……説明しないとね。分かんないよね。

「冷めていく過程で甘さがリンゴに染みていくからよ。この甘いシロップの味がリンゴに入り込んで、甘いリンゴ煮が出来上がるのよ」

「そうなんですか！　初めて知りました！」

言ったことなかったか……それは悪かった。

そのとき、ぎゅうっとお腹を抱き締める力が強くなりました……ちょっ！　お母様、勘弁!!

「甘いリンゴ煮……アンコといい、どれだけ私を翻弄《ほんろう》する気なのかしら……」

え？　え〜！　何、言ってるの!!　今までだって、甘いリンゴ、出してますよね！　確か梨のコンポートだって作った……はず！

「えっ？　ですが、邸《やしき》で……」

「作ってるところを見るのは初めてよ、こんなにいい匂いがするなんて知らなかったわ」

さようですか……もう、諦めよう。お母様の後ろからハグを黙って味わっていよう……逆らっちゃダメだ……逆らっちゃダメだ…………って、我慢できるかぁ!!

「お母様、もぅ離れてください。動けません」

お母様はムゥッてお顔で離れました。スイーツのときはよくこんな顔しますよね……

本当、スイーツ女子ですね！　女子って年じゃなくても女子です！　マジで!!

なんて言うか……男の人がボインちゃんにヤラレルわけが分かった気がした……あれは卑怯《ひきょう》!!

ボインボインが背中に当たるのって気持ちいい！　それだけじゃない、ボインボインに腕が挟まれたら……！　何か……何か、想像するだけでキャッ！　てなる。

わ……私だってお母様ほどじゃないけど、ボインボインしてる！　がっ……頑張れば、背中からギュッでヤレルはず!!　背後からシュッ！　はできるんだからヤレル!!

「フフ……あの人ったら、そんなにポトフが気に入ったのかしら？」

お母様の不穏な空気がヒヤッと漂ってきました。止めてください！　冷えますから！

「外で食べると雰囲気が変わって、いつもより食べてしまう……と聞いたことあります。お父様もきっと気持ちが変わってしまわれたんですよ」

目を合わせると、お母様はコテンと首を横に傾げた。可愛いさアピールしても、負けません！

お母様の目がキラキラ動いてるの、知ってますから！

「お母様、初耳。エリーゼ、リンゴまだかしら？」

ダメだ……色々ダメだけど、外気温がちょっと低いし……諦めて食べよう。フラフラとコンポートの鍋に近づいて……いや、やっぱりまだ熱い……

「そうですね……」

前世だったら、氷を入れた大きい容器に鍋ごと入れて冷ました……容器……氷………そうだ！お母様は氷魔法、得意じゃん!!　後は容器だけど、そんなの今から魔法でパパッと作れば無問題《モウマンタイ》じゃん！

「お母様、待ってください！」

コンロの横に、新たに鍋が余裕で入る流し台的なモノを造る。排水溝的なモノもつけた！　ただし地面に流れるけど（笑）

深さも充分、後は氷を入れてもらって鍋ごと冷やせば！

なんでもっと早く思いつかなかったんだ私!!　残念すぎでしょ！

「お母様、ここに細かい氷が必要なのです。魔法で出してくださいませんか？」

お母様はゆっくりと優雅にやってくると、流し台的なモノにコンビニとかで売っていたようなかち割り氷をどさっと出してくれました。

ありがとう！　お母様!!　そばで見ていた料理人がビックリしてますが、お構いなし！　です(笑)

「コンポートの鍋をこちらに持ってきてちょうだい。えぇ……そう。で、鍋ごと冷やすから、そのまま……そう！　鍋を下ろして」

熱で溶け出す氷を見て、鍋をクルクルと回転させる……なんとなく、やりたいのだ！　触る度に鍋が冷えていくのが分かる。次第に、湯気のゆの字も感じられなくなる。……よし！　食べよう!!

「食器を持ってきてちょうだい。そろそろ食べていいと思うの」

料理人に告げると、お母様の「待ってたわ！」の声が聞こえました。料理人が食器を持ってくるまで、鍋をクルクルさせてました……ちょっと楽しい……

料理人が走ってやってきました。

「鍋のフチよりのリンゴをちょうだい、お母様も私もよ」

ルークのことは知らん!!　自分で頼め！　私もお母様も、甘い方がいいのだ！　さっそく取り分けてもらったリンゴを受け取り、フォークで小さく一口大にして食べる。

…………甘〜〜〜い!!　リンゴの香りもいい!!　蕩《とろ》けちゃう〜〜〜！

お母様を見ると、お母様も幸せそう!!　お母様のスイーツ女子の笑顔って、すごく可愛いのよね！

……ルークよ……イケメンの笑顔は破壊力はあるが、振りまきすぎだとは思わんか？　そこらにいる女性陣が軒並みヤラレとるぞ……このイケメンめ!!

「フフッ、本当……エリーゼの言った通りね。外で食べるといつもより食べちゃいそうだわ」

違う！　お母様はただ甘いものを食べたいだけ!!　惑わされるな、私!!　……でも。

「お父様に持って行って、お父様が食べないならお母様が代わりに食べたらいいと思います」

お父様、ゴメン!!　でも、ポトフのおかわりでお腹いっぱいだと思うんです！

「そうね、きっとお腹いっぱいだから私が代わりに食べてもいいわよね。ちょっと行ってくるわ」

お母様はお父様にコンポート入りの食器を持って行きました。お父様の顔が一瞬輝き、その直後に絶望を表し……私を見ました、泣きそうな顔で（笑）

なので首を横に振り、諦めろって顔で表しておきました。お父様は両手で顔を覆い、それから天を仰《あお》ぎ……お母様は素敵な笑顔でリンゴを食べ出しました。

確かな夫婦愛を見た気がします。

「少し二人っきりで話がしたい、構わないだろうか？」

ルークからの、お誘いです。……ルーク！　後ろ！　後ろ!!　後ろ見て!!

「二人っきりは構わないが、我々が見える場所にしてもらおうか」

冷えっ冷えの空気を出してくるキャスバルお兄様が、ルークの背後に立っていました。

ルークよ、ビクゥンと全身で驚き、キャスバルお兄様を見るのは止めなさい！　面白いから（笑）

キャスバルお兄様とルークは、猫科猛獣と逃げ場のないカピバラのようです。キョドりすぎですよ、ルーク。

「あっ……あ……はい……」

「安心なさってください、キャスバルお兄様。いざとなったら蹴り殺して逃げますから」

「エリーゼ、蹴り殺してはいけない。せめて蹴り倒しなさい」

テヘッ♪　キャスバルお兄様に注意されました。ルークの少し緊張した顔……やっぱり、キャスバルお兄様に言われるとドキドキするわよね。

ルークったら、さっきもキャスバルお兄様と仲良くお話ししてたし……まさか!?　……なーんてね。

「その……向こうで、話がしたい」

……向こうはいいけど、なんで肩抱いて移動なのかね？　イケメンだとなんでも許されると思ってるのかな？

「……普通、気安く肩とか抱くかね？」

ボソリと呟いてみるテスト。だって……なんかさぁ……

「すまない、でも許してほしい」

ルークは即座に謝ってきたけど、止める気はないらしい。婚約者（仮）だし、仲良しアピールかもしれないけど……なんか……なんか手慣れててイラッとしちゃう！　今までイケメン人生充実して送ってました感を感じちゃう！

そんなの私の妄想だけど、違うかもしれないけど！　私、若い淑女のお手本となるべく行動してきたから、今まで男性に手しか握られたことないのよ!!　お兄様たちとお父様以外!!

どうしよう……自覚したら、顔が熱くなってきちゃった……ダンス以外で、こんなに近くに殿方がいるなんて。

「魔物除けの柵《さく》を越えるけど、近くなら大丈夫だろう……その、エリーゼ……？」

はっ!!　やだ！　アレコレ考えてたら、あっという間に連れ出されてる!!　手の早い男ね！　なんてリア充なの!!　私みたいな箱入り娘をあっという間にたらし込んで!!

「あっ……大丈夫よ、きっと……でも、ほら……草むらが近いし……まっ……魔法で草むら、倒しちゃおっか！」

「えっ……あぁ……」

やだ、何このキックオフ感！　分かってる！　ババア感満載な発言だって！

きっとルークみたいな若い世代には分からないだろうって自覚してる！　でも、前世のお父さんとお母さんが置いていった漫画で結構好きだったし、仕方ないのよ!!　キックオフ！

「えっ……と、三メートル四方の厚さ十センチの空気の壁を魔法で作って……ちょっとだけ空気の質量を大きくして……できた！　……えと……これを、前方五メートル進めて……解除！　はい、スッキリ!!」

草むらがなぎ倒されて、視界スッキリです！　やったね!!

「……属性丸無視かよ……無敵だな」

ルークが何か言ってますが、ガン無視します！　何か失礼な気がしますから！　ハッ！　お知らせ来てる！

「ゴメン！　ちょっと待って！」

島で米の収穫です!!　…………あれ？　収穫してくださいじゃない……

〈稲刈りを行います〉

稲刈り!?　稲刈りだと……まぁ、いい……稲刈りだ！　稲刈り大事!!

〈ロッジのレベルを上げられます。上げますか？〉

もちろんＹｅｓですよ、なんで聞く……あっ！　なんか今、フッと魔力が抜けた！　そうか、魔力が要るのか。

〈刈った稲を米と藁《わら》にします。ロッジに収納してください〉

ホウホウ……ロッジに収納しましたよ。

〈米四十俵・藁《わら》二十ブロックできました。このままロッジに収納しますか？〉

いいえ、無限収納に移動です。

……やったー!!　すっごいできた〜！　……あれ？　四十俵？　すごくない？　一俵六十キロだよ……しばらく米は作らなくていいかな？

畑はテンサイ・小豆《あずき》・サツマイモが解放されました！　それぞれ十面ずつ作ろう。

一仕事終えて、少し存在を忘れていたルークに向き直る。

「お待たせ、話って何かしら？」

「あぁ……うん、そのエリーゼ――」

「ちょっと黙って」

「え」

突然私が話を遮ったので、ルークは戸惑った表情を浮かべる。

カサカサカサ……ザザザ……ガササッ……

草むらから音が聞こえる。

「何か……来る？」

「っ！　あぁ」

物音が聞こえる草むらを、私とルークは睨み据える。

ザザザァッ！

そのとき、一際大きな音と共に、何か小さな動物らしきモノが飛び出してきた。

「チェストォ!!」

私はすかさず叫んで蹴り飛ばす。だって、動物だか魔物だか分からないんだもの。

「勇ましいな……」

何か言われたけど、キニシナイ！　蹴り飛ばした先で、土の中に潜《もぐ》り込んでいく小さな姿を確認する。どうやら魔物のようだ。

うん？　……また、他の足音もする。さっきよりも草むらをかき分けてくる音も大きい。

腰に下げた剣を抜き構え、集中する。嫌な感じしかない。

ガザザザァッ！　ドッドッドッドッ……ガザァッ!!

突如、猪《いのしし》のような魔物が飛び出してきた！　左横に飛んで、新たに現れた魔物に剣を振るう。

反対側にルークが飛んで、長剣を振り下ろしてから切り上げトドメを刺す。フギィッという鳴き声とドサッと重い音がして、魔物が絶命した。ピクリとも動かない姿とドクドクと流れる血。私はホッと息をついた。

「牙猪《きばいのしし》が出てくるとはな。それにしてもさっきのはなんだったんだ？」

「さあ？　ただ、何か小さい動物っぽかったけど……」

猪《いのしし》のような魔物が現れる前に、蹴り飛ばした魔物が潜《もぐ》った場所を見て、なんだったんだろうと考える。何かアレっぽかったけど……まさかね……

それにしても猪《いのしし》っぽい魔物、あれは牙猪って言うのね。覚えたわ。

「あっ！　話の途中だったわね。なんだったかしら？」

ハッとしてルークを見上げると、彼は困り顔で首を傾げて微笑んだ。

……イケメンは何やってもイケメンね！　腹立たしいわ！

ザザザザッ……ピョンッッ。

ん？　変な音が聞こえた気が……

「は？　今、なんか」

音が聞こえた方に目を向ける。さっき地面に潜《もぐ》った魔物が土の中から飛び出してきた！

その瞬間、私の脳内にポップな音楽が響き、目の前にメッセージが現れた。

「おい……あれ……あれは……なんで……」

困惑した表情で目の前に現れた小さな魔物を見つめるルーク。

うん、分かる。某有名ゲームでのアイドル的なネコに似てるわよね。私的には普通のネコより少し大きいネコが二足歩行してるようにしか見えませんけど。でも、真っ白ボディの可愛いニャンコです！　しかも私をガン見してます。

今、私の目の前にメッセージが現れてます。聞き覚えのあるBGMと共に……

〈立ち歩きネコがテイムされたそうにこっちを見ています。テイムしますか？〉

はい……あっ！　決定しちゃった！

「うおぉいっ！」

焦りながら突っ込みを入れるルークを無視して、私は目の前に立つネコに声をかけた。

「タマ。はい」

「ちょっと待てぇっ!!」

「主《あるじ》、ヨロシクにゃ～」

トテテテッと二本足で走ってくる白い立ち歩きネコ。やっぱり白ネコの名前はタマでしょう！

「さて、牙猪はしまっちゃうわね」

ガクリと膝を突いてタマを見つめるルークを放って、牙猪を無限収納に仕舞いました。

タマがクイクイと私の武装の裾を引っ張ります！　可愛い～リアルだと、こんなに可愛いのね！

顔を上げておヒゲをピクピクさせてます。

「どうしたの？　タマ、何か気になるの？」

キョロキョロしながら、私の顔を見つめる小さな姿についつい頬が緩む。

「おおきいののニオイがしてきたにゃ、主、おおきいのがやってくるにゃ！」

「大きいの？　それって……」

「さっきのにゃ！　おおきいのがたくさんくるにゃ！」

さっきのって牙猪のこと？　牙猪がたくさん来るの？

「ルーク！　牙猪がたくさん来るってタマが言ってる！」

まだ地面で膝を突いてタマをガン見していたルークに叫ぶと、彼は我に返り、すぐさま立ち上がって周囲を見回す。私の叫び声に気付いたのか、何人かが野営地から走ってくる。

「エリーゼ、何があった！」

キャスバルお兄様とレイが数人の隊員を連れてやってきました。

「牙猪がこちらに来るらしいです。タマが言うにはたくさんらしいです。タマのことは後ほど、説明いたします」

　一気にキャスバルお兄様のお顔が厳しくなりました。モードチェンジです！

「誰か、野営地に行って牙猪が来ることを伝えろ」

「はっ！」

　キャスバルお兄様の言葉に、隊員の一人が返事をして野営地に駆けて行く。

　私は剣を抜きながら、神経を研《と》ぎ澄ます。キャスバルお兄様たちも剣を抜き、静かに歩き出し、少しずつ離れて行く。

「エリーゼ、野営地に戻れ」

「無理。レベル上げしたい。……さっきの魔法で草をなぎ倒す」

　ルークの言葉を拒否って、空気の壁を出して前方の草をなぎ倒す。

「レベル上げって、なんでレベルなんて……大体ステータスとかないだろう」

「見られるわよ。詳しくは後で教えるわ。……音が聞こえる……」

　遠くで草むらをかき分けてくる音がたくさん聞こえる。後ろから野営地にいた領主隊の人たちがわらわらとやってくる。

「来るぞ！　結構な群れだ、全部仕留めるぞ！」

「おうっ！」

「とりあえず、草を切りますね」

レイは淡々と言うと、魔法を放ち、広く草むらを切りひらいた。

――来た！　ザッと見ただけで三十～四十匹はいる！　それも割とデカイ！　猪《いのしし》の大きいのと変わらない！

「タマ、危ないから後ろにいなさい」

「ダメにゃ！　主のてだすけをするにゃ！　ボクもちからになるにゃ！」

「ありがとう！　でも無理は禁物よ！」

「エリーゼ、俺も近くでフォローする。やるぞ！」

目視できる距離に牙猪の群れが現れた。誰も彼もが得意の武器を持って立ち向かう。

狩ると決めた獲物に剣を向けて飛び出し、勢いを殺さないように体を回転させながら、剣を振り下ろす。全てがスローモーションのように目に映り、牙猪の走る姿も遅く見える。

次々と駆け込んで来る牙猪を、ためらうことなく剣で切り上げ、突き刺す。恐ろしいほど切れ味のいい剣に気分も高揚する。

チラリとルークを見れば、彼も闘うことに興奮しているのが分かる。

牙猪と人間が入り交じって乱戦状態だが、私は瞬時に人と牙猪を見分けて剣を一閃《いっせん》した。男たちの雄叫びと牙猪の断末魔《だんまつま》の叫びが辺りに響き渡る。次々と倒され絶命する牙猪たちに、少しだけ気持ちに余裕が出てくる。

「主！　おおきいののぬしがくるにゃ！」

主《ぬし》！　牙猪のボスか！　あれのボスって言ったらかなりの大きさよね！

「ルーク！　ボスが来る！」

「了解！」

こちらに走ってくるルークと私のそばにいるタマ。ここは連携です!!

「むこうからくるにゃ。こわいにゃ……ぬしはおおきいのよりおおきいにゃ……」

殺《や》ってやるぜ!!　タマが指し示す方向に切っ先を向け、息を整える。

キャスバルお兄様とレイが、慌ててこっちに走り寄ってくる。

「エリーゼ、まだ何か来るのか？」

「牙猪の群れの主が来ると……」

キャスバルお兄様の問いに、冷静に返す。一瞬だけキャスバルお兄様の顔を見て、視線を戻して神経を集中する。今さら引くなんて無理！

「来るぞ！」

ピーンと張りつめた空気の中に、私の声が鋭く響く。

なぎ倒されてない草むらから、フッコッ……フッコッ……と獣の息遣いが聞こえる。臨戦態勢の猪《いのしし》が突進する前に行う、蹄《ひづめ》で地面を蹴り上げるような足音が響いてきた。

「タマがゲームみたいな罠とか使えれば……」

ほんの少しだけ本音が漏れる……タマ、ゴメンね。ただの愚痴《ぐち》だから。

「おとしあなならできるにゃ！」

まさか!?　それは助かるわ！

「タマ！　ヤツを落とし穴に嵌《は》めよう！」

「わかったにゃ！」

猛然と土を掘るタマ、そのスピードは速い。

小声で素早くやり取りした直後だった。低いうなり声と共に凄《すさ》まじい勢いで突進してくる音がする！

「チッ！　狙いは私かよ！」

思わず舌打ちしてしまった！　反省！

真っすぐ私に向かって突進してくる巨体を横っ跳びで躱《かわ》し、勢いはそのままに体を回転させ、牙猪めがけて跳躍《ちょうやく》する。

空中で、牙猪のボスに向かった皆がヤツの突進を躱《かわ》し、攻撃へと転じるのが見えた。

ヤツは勢いのあまりブレーキをかけても、止まりきるまでにわずかだが時間がかかる。たたらを踏むヤツの後方につき、その背中目がけて再び跳躍《ちょうやく》する。

キャスバルお兄様よりも高い背丈だ。その背中に乗り、首に向かって剣を力いっぱい突き刺す。

刺されたことでヤツが怒り暴れ出す。見ると、刺しているのは私だけじゃなかった。

キャスバルお兄様の大剣と、レイの白く鈍い光を放つ槍《やり》、ルークの美しく輝く長剣がヤツの首に刺さっていた。

牙猪は頭を上下左右に振り、その大きな牙を振り回す。私を振り落とすために。私は突き刺した剣から決して手を離すまいと、握りしめた。

……振り落とされてなるものか！

「できたにゃ！」

タマの声と共にヤツは地中に落ちる。

思ったよりも大きい落とし穴に嵌《は》まって動けなくなったところに、何度も何度も剣を突き刺す。それは私だけではなかった！　視界の中、キャスバルお兄様とレイ、それにルークも何度となく切りつけ、突き刺し、ヤツの命を削る。そんなときだった。いきなりズルリと体が後ろにずり落ちそうになった。

ヤツが体を仰《の》け反らせ、暴れ始めたのだ。金切り声をあげ、ヨダレを撒《ま》き散らして暴れる。

何かおかしい。後ろを見ようと振り返ろうとした瞬間だった。

「後ろ足を切り落としました！」

領主隊隊員の叫びが聞こえた。皆で後ろ足に攻撃してくれてたんだ！

「良くやった！」

キャスバルお兄様の声が響く。動きがこれでかなり抑えられたはず！　あと少しで討伐完了……のはず!!　事実、頭を振る速度が落ちて、背中に乗っているのが少し楽になっている。

「ルーク！　一気に仕留めるわよ！」

ルークに声をかけて、凄《すさ》まじい勢いで何度も剣をブッ刺す。

「おう！」

ルークは短い返事をしながらも、舞を舞ってるかのようにヤツの首に何度も剣を振るった。

キャスバルお兄様はそんなルークを見て触発されたのか、大剣を振り回し、ヤツの額めがけて刀身を振り下ろした。ヤツの額から鈍い音が響く。

ヤツは暴れるのを止め身を翻《ひるがえ》した。前足だけで巣に帰ろうともがく。

………って、そんなことさせるか！

「逃がすものか！」

私は叫び、首の真ん中を狙い、全力で剣を突き立てた。

私だけじゃない、ルークもこの動きが何を意味しているのか分かっていた。今まで斬りつけていた場所に深く剣を突き刺す。

反対側をレイが、その刀身が見えないくらい深く槍《やり》を突き刺していた。そして……そして、キャスバルお兄様が再度ヤツの額めがけて大剣を振り下ろした。

ヤツは耳をつんざくような金切り声をあげ、天を仰《あお》ぎ、動きを止める。

そして、絶命した。

私はヤツが、その命を手放したのを感じ、安堵しホッと息をついた。ヤツが見た天を仰《あお》ぐと、白く輝く丸い月とキラキラと瞬《またた》く星々……ヤツの最期に見た景色を私も見た。

グラリとゆっくり倒れる巨体から、慌てて剣を引き抜き、地面めがけて跳躍《ちょうやく》する。ドォンと大きな音を立てて倒れたヤツを見てから、周りを見回すと、領主隊隊員によって紡がれていた詠唱が途切れた。

彼らは恐らく、支援魔法や治癒魔法を攻撃していた私たちにかけ続けてくれていたのだろう。その証拠に、私はもとよりルークもキャスバルお兄様もレイも傷一つなかった。

「やったにゃ！　さすが、主にゃ！　みていてムネがあつくなったにゃ！」

トタタタタッと近寄ってきたタマが私の傍らで、キラキラした目でこちらを見上げて言ってくる……可愛いっ!!　めちゃくちゃ可愛いっ!!　これは、私のハートに突き刺さる可愛いさ！

「俺も……俺もニャンコが……くっ…………」

ルークの魂の……心の叫びが聞こえました。ガクリと膝を突き、無念さを滲《にじ》み出してます。

分かります！　分かりますよ！　可愛いニャンコが目いっぱい褒《ほ》めてくれるとか、ご褒美《ほうび》ですよね！　しかも語尾がにゃ！　ですもんね！

「タマ、タマも頑張ってくれてありがとう。でも一つ頼みがあるの、いいかしら？」

「いいにゃ、なんにゃ？」

「あそこにいる人に、お疲れさまって言ってほしいの」

「おやすいごようにゃ！」

タマはそう言うとトテトテとルークの傍らに行き、ポンポンとルークの肩を叩く。叩かれてタマを見つめたルークの目が……目がヤバイ！　なんか……なんか熱い眼差し……タマ！　逃げて！

「おつかれさまにゃ！」

言った瞬間、ルークがタマを抱き締めました。

「はなすにゃ！　やめるにゃ！」

「ルーク！　タマは私の!!」

「ちょっとだけ！　ちょっとだけだから!!」

タマが爪を出すのが見えて、お互いこれはヤバイと感じた！

「タマダメ！　爪、引っ込めて！」

叫んでルークに近寄り、タマを抱き締める腕は後回しにして、彼の指をそっと掴む。

「お疲れさま、タマを抱き締めるのはやめて」

顔を上げたルークの情けない表情に、ちょっとだけ笑ってしまった。

彼は私につられるように小さく笑うと、タマを解放した。それからノロノロと立ち上がり……私をきつく抱き締めた。抱き締められた私の目に映ったのは、ルークの体を包む武装ではなく、メッセージウィンドウでした。

〈レベルアップしました…………〉

〈レベルアップしました…………〉

〈レベルアップしました………〉

結果から言うと、レベルが15になりました。いきなりのレベルアップです。

牙猪の経験値が高めだったのか、ボス単体が高かったのか分かりませんが、美味しい魔物です。

何かキャスバルお兄様の声が聞こえますが、脳内に響くチャ～ラチャチャッチャラ～という音のせいで全く頭に入りません。

〈地図レベルが上がりました。目的対象物の表示ができます。表示しますか？〉

おぉ～！　なんか出せるようになった！　ここは「はい」って小っさい声で言っておこう！

〈では、対象物設定を行ってください〉

ここはやっぱり、魔物でしょう！

〈魔物を設定しました〉

心の声が聞こえたようです、便利ですね。後は人間かな……でも魔物とごっちゃになるのは困るから色分け……いや、表示の形を変えてもらって……敵味方で色分けがベスト！　仲間が青で敵が赤、分からないのは黄色表示で！

〈人間と魔物の表示形を変え、色分けして表示します〉

右上のマップは村を中心に映し出されており、青い丸が点在してます。野営地も青い丸ばかりってことは人間は丸形表示かぁ。私は白い逆雫形でした。

その近くに白い逆三角形が一個チョロチョロしてる。タマ……？　あれ？　村を中心にした反対側………赤いダイヤのマークがたくさん………良く分からないけどこれって、魔物？　まさか魔物がいる！　なんで!!　ちょっと離れてるから？　いや、そんなバカな！

「主をはなすにゃ！」

タマの声が聞こえて、ルークの胸に手を付いて腕に力を入れる。

「は・な・し・て！」

「すまない」

ルークはソッと腕から私を解放する。キャスバルお兄様の姿を確認すると、私は慌てて走り寄った。なぜかヒンヤリ冷や冷やしたオーラを放っているキャスバルお兄様に話しかけようとしたら、抱き締められました。

「ちょっ！　キャスバルお兄様、どうなさったのですか！　もぅ！」

ギュウギュウと抱き締めてきますが、ここは抵抗します！

「大事な話があるんです！　お兄様!!　村の反対側に魔物の群れがっ！」

「何っ!!」

ガバッと離れました。切り替え早いです。

「先ほどの牙猪の群れとほぼ同数の魔物がいます」

「なぜそんなことが分かるかは、後ほど説明してくれ。だが今はエリーゼの言葉を信じる。討伐隊の野営地が襲われているのかもしれない」

「主！　さっきをだしてほしいにゃ！　また、こわいのがよってくるにゃ！　主はメスだから、とくによってくるにゃ！」

え？　メス……女だと特に寄ってくるってこと？

「タマ、メスだと特に寄ってくるって本当なの？　なんで寄ってくるの？」

「ホントウにゃ！　ヒトのメスはすごくいいニオイがするにゃ！　あまいにくのニオイがするにゃ！　主はイヤなニオイもするけど、ごちそうのニオイがするにゃ！　だからさっきをだしたらよわいヤツはこわくてちかよらないにゃ！」

甘い肉の匂い……ご馳走《ちそう》……女のわずかな匂いで寄ってくる………

「キャスバルお兄様、タマの話を聞きましたか？　女性はご馳走《ちそう》だと……わずかな匂いで寄ってくると……」

「本当ならば、この先討伐隊には徹底して女性を遠ざけるよう教えなければならないな。うっかり女性を連れ出して村や町にまで入り込まれたら悲惨《ひさん》だ。シュタイン……討伐隊の隊長とは顔見知りだ、私が教えてから村向こうに行こう。トールに先に行ってもらうよう話してくる」

キャスバルお兄様はそう言うと、私の返事も聞かずに、近くにいた領主隊隊員に声をかけて走って行かれました。初めて聞く名前だったけど、何かの折に知り合いになったのかしら？

「タマ、殺気ってどうすればいいの？」

「いまのヒトがさっき、主のそばにいたヒトにしてたにゃ！」

……なんとなく分かった。それにしてもキャスバルお兄様がやってたとか……まぁ、モノは試しよ！　心の声は最大に！　リアルな声は最小に！

「魔物はコロス！」

闘気と殺気が混じってしまった！　反省！

タマはブルブルブルッと震えたかと思ったら、小躍《こおど》りし出しました。なんか可愛い……

「すごいにゃ！　さすがにゃ！　これならおおきいのもよってこないにゃ！」

なるほど、これでいいのか……ちょいちょいやれば、魔物は寄ってこないって言うなら、これからも活用しよう！　おっと、魔物の群れがあっちにいるなら狩りたいかな……経験値美味しい！

ハッ!!　だが、その前に！

「今から牙猪をどんどん収納していくわ！　収納がすんだところから村向こうに行ってちょうだい！」

「エリーゼ！　俺――」

「先に馬に乗って村向こうに行って！　タマもいるし私も収納が終わり次第、そっちに向かうから！」

「……分かった、気をつけてくれ。婚約者殿！」

ルークの言葉に内心照れる、でも照れてる場合じゃない。私は先ほど倒した牙猪のボスを収納し、それ以外の牙猪も近いところからどんどん収納していった。

駆け足で次々と収納する私に驚愕《きょうがく》する隊員たちの視線も気にならない。

毎日の走り込みのおかげで、息もきれない……いや、疲れもしない……これがレベルアップによるものなのか!? 超便利! 更なるレベルアップが待っている! 頑張れ私!!

……よし! コイツで最後! 収納終了!

「さすが主にゃ! あっというまだったにゃ!」

「タマ! あっち行くよ!!」

「もちろんにゃ! どこまでもついていくにゃ!」

バタバタと野営地に走って行く隊員を尻目に、全速力で未だ赤いダイヤがうろつく場所を目指して一気に走って行く。

疲れがないのと、レベルアップしたからでしょうか。誰よりも早く着いてしまいました。

後ろからダカッダカッと馬の走る音が聞こえてきますが、目の前にうろつく牙猪の群れに、一瞬でやる気が漲《みなぎ》る。しかし、同時に牙猪に襲われた野営地が目に入り、その悲惨《ひさん》さに怒りと殺意が湧いた。

「人食いを許すと思うなよ……」

「主がいかりくるってるにゃ……」

どいつもこいつも私をご馳走《ちそう》認定してますね! 悪いけど、大人しくご馳走《ちそう》になる気はないよ!

全力ダッシュで手近なところから首めがけて剣を振りまくります。

「エリーゼ様に出遅れるな！」

「男を見せろ！」

「なんで最後に来たエリーゼが一番乗りなんだよ！」

そんな声が聞こえました……。最後の叫びはルークですね。それにしても、返り血がすごいはずなのに毛皮が弾きまくりです……首チョンパ狙いで切る！

そうと決めたら体が勝手にガンガン動いて、斬りまくっている。まるで無双系ゲームをそのまま体感してるかのような錯覚《さっかく》を覚える。

なんという無双感！　これがゲームなら爽快感抜群《ばつぐん》だろうけど、牙猪たちの放つ臭気が凄《すさ》まじく、かなり気分が悪い。臭いがあるのが一番キツい。

冗談抜きで本当嫌！

普通の令嬢だったら見た瞬間に失神するレベル！

とりあえず前世で映画とかゲームとかで耐性ついてるっぽいし。猟師《りょうし》のお爺《じい》ちゃんのおかげもあるかもだけど！

――ザワッ。

刹那《せつな》、首の後ろが逆立つような殺気を受ける。

……どんどん増えていく領主隊隊員が通常サイズの牙猪を倒していく中、数人の隊員が群れ一番の大物・主に立ち向かっていく。だが、主はその巨体と牙で攻撃を捌《さば》いている。

隊員からの攻撃を受けているにもかかわらず、主は私に殺気を向けてくる……そんなに私が食いたいか！　手近な牙猪は隊員に任せ、私は主を……アイツを睨む。

「主……あのおおきいのをやっつけるにゃ？」

「そうよ、タマ。あの一番大きいのをやっつけないと終わらないのよ……また穴を掘ってくれる？」

「もちろんにゃ！　がんばるにゃ！」

「ええ、頑張って！　できれば穴から出ないようにして欲しいけどできるかしら？」

「できるにゃ！　まかせるにゃ！」

「じゃあタマ、お願いね！」

タマは少し先でザカザカ穴を掘っている。タマの頑張りで落とし穴が出来上がっていく。さて、ルークを呼ぶか……

「ありがとう、ルーク！」

「いるよ。そろそろ殺《や》るんだろう？　それにしてもタマの穴掘り速いな、殺《や》る気満々だろ」

「まぁね……たぶん、アイツが引き込んだんでしょ」

この野営地でもっとも豪華だっただろうズタボロの天幕の前に、へし折られた魔物除けが見える。魔物除けが効力を失い、牙猪の群れが野営地になだれ込んだのだ。

「主ー！　できたにゃー！」

穴を掘り終わったタマが普通のネコみたいに走ってくる。

「殺《や》ってヤルぜ!!」

気合いを入れて叫ぶ。

「おう！」

「任せろ！」

「お手伝いいたします！」

「にゃ！」

「今度も倒すぞ」

「私もいますよ！」

………あれ？　ルークだけじゃない？　後ろから？　グリンッと顔だけ後ろに向けて見たら、ルーク・トールお兄様・フレイ・タマ・キャスバルお兄様・レイがいました。心強いというより、オーバーキルでも目指しているんでしょうか……フレイがゴツイ弓をキリキリ引き絞《しぼ》ってます。

「そいつから離れろ！　射かける！」

一斉に隊員が離れ、自由になったアイツが私を見てくる。その瞬間を切り裂くように、一本の矢が真っすぐにアイツの額に突き刺さる。ナイスショット！

アイツが剣を構え直した瞬間走り込んで来るが、タマの掘った穴に落ちていく。

「タマ！　掘り続けて！」

タマがアイツの足元に潜《もぐ》り込んで行く姿を見ながら叫んで、全力ダッシュでアイツの背中に飛び乗り首を狙って突き刺す。

さっきのもデカかったけど、コイツも同じくらいデカい！　そして皮が硬い！

「エリーゼ！」

おや？　誰か私を呼んだか？　だが、構ってる暇はねぇ！　刺してー！　抜いて、刺してー！

抜いて、また刺してー!!

「退けっ！　前足、落とすぞ！」

キャスバルお兄様が叫ぶとザッと皆が離れる。キャスバルお兄様は大剣を振り回し、アイツの大牙に臆《おく》することなく体を沈め、斬りかかる。

「フギィィィィイッツッ！」

頭を上げ叫ぶアイツに私は跨《また》がり剣を突き刺し、キャスバルお兄様の技が決まり、前足が落とされたことを知る。大剣を振り抜いたキャスバルお兄様が少し引いたと同時に、ルークとトールお兄様が両サイドを長剣で攻撃している。

巨大な背中に乗っている私には、彼らの剣先はかすりもしない。でも、なんというか……延々と抜き刺ししてると単純作業で飽きてくるね。……電気とか流せるかな？

雷魔法になるんだっけ……高圧だと焼けちゃうから、静電気的なビリッとしたやつがいいかな……よし、イメージだ！　青いビリッとした電気を思い浮かべて……剣先からビリビリせぇよ！

と突き刺す。

刺した辺りの肉がビクンッと反応する。成功したかな？　ならばこのままイメージしながらメッタ刺しだね！

レイとフレイは体を少し低くして、斜め下から鼻っ面を槍《やり》で刺しまくってます。フレイは弓じゃないの？　と思ったら背負ってました。フレイは遠距離だけじゃないんだね。遠近両用なんだね！

「エリーゼ！　顔面を攻撃するから、前のめりにならないようにな！」

「はいっ！　キャスバルお兄様！」

キャスバルお兄様の大剣によるスタンプ攻撃です。あっ！　レイとフレイが消えた！　キャスバルお兄様の邪魔になっちゃうからか？　でも、どこ……って、後ろに行ったっぽい！

「後ろ足を止めます！」

レイの声が聞こえました、連携すごいなー！　私一人がノホホンと背中からの攻撃ですよ……でも、ちょっと私の剣で斬り込むのは不安なのよねー。キャスバルお兄様はガインガインと大剣で主の顔面を叩きまくってます……いえ、ちょっとは切れてますがね。

「エリーゼ！　あと少しだ！　頑張れ！」

マップ表示されてるダイヤマークは今やコイツだけになっていて、ピコピコ点滅しだしている。この点滅はたぶん捕獲可能のお知らせかもしれないなー、テイムとかしないけどね！

「ならば！　額を突く！」

キャスバルお兄様の怒号《どごう》が響き、大剣を大きく振り回す。それだけではない。

チラチラと見れば、ルークもトールお兄様も剣に闘気を乗せ始めている。ならば私も闘気を乗せて目いっぱい突いてやろう。ザッと視界に入ったレイとフレイも闘気を槍《やり》に乗せる……キャスバルお兄様の大剣に合わせて、私たちはそれぞれの武器を主に突き立てた。

主は声にならない叫びをあげ、天を仰《あお》ぎ絶命した……

マップ表示のダイヤマークはグレーになった……これで全ての魔物の討伐が完了した。

主が倒れる前に飛び降り、数歩歩いて離れると、タマに言われる前に威圧を放つ。村の中でもなく、魔物除けもない平原で、これ以上戦闘は正直ごめんだし。メンタルがやられ放題やられて疲労がスゴイ……

背後でドォと牙猪の主が倒れる音が響いた。私の放った威圧に視界に入る領主隊隊員たちは誰一人、腰が引ける者はいなかったけど、離れた場所にいた見知った顔の男……元婚約者のジークフリート殿下がペタリと尻もちをついていた。

なぜあいつがここにいる……いや、確かキャスバルお兄様が討伐隊がどうとか言ってたけど……。どこの討伐隊かと思ったら、そうかジークフリート殿下もいたのか……

とうとう親からも見放されて、死ぬかもしれないところに放り出されたか。

「やったにゃ！　さすが、主にゃ！」

私の足元で小躍《こおど》りするタマの頭を撫でてから、情けない顔で私を見る殿下を無視して、キャスバルお兄様のもとへと歩き出す。

落ち着いて周りを見渡せば、討伐隊の野営地はあまりに凄惨《せいさん》な有様になっていた。何人が被害にあったのだろうか……想像するだけで、腸《はらわた》が煮えくり返る。

「牙猪の腹は、ここで開いていきましょう。さすがに人食いのままで持って行きたくはありません」

キャスバルお兄様は少しだけ困り顔で微笑むと、私の頬を撫でながら頷いてくれました。

「もちろんだ、ある程度開いて検分しないといけないからな。だが、そんな汚れ仕事まですることはない。……ルーク！　馬で来ていたろう？　エリーゼと一緒に我がシュバルツバルトの野営地に戻ってくれ。王宮討伐隊の野営地は今から俺たちがある程度始末をつける」

「分かった。キャスバル、すまない……後は頼む」

イケメン二人が呼び捨てし合っている……いつの間にそんな仲になったの!?　ドキドキするわぁ！　萌え萌えキュンキュンだわぁ！

「エリーゼ……悪いが、今少し腐っていたか？」

ルークが小声で聞いてきます。

「なんで分かるのよ……」

「前世の妹と同じ目だった。俺の妹はどこに出しても恥ずかしい腐女子だったからな」

「あっ！　そうだったわね……」

それにしても同じ目って……心外だわ。

「馬は向こうにいる、行こうか」

グイと腰を抱かれ耳元で囁《ささや》かれる……え？　いきなり何よ……

「オイッ！　お前、エリーゼに何馴れ馴れしくしている！」

そのとき、ジークフリートが突然私たちの前に立ちはだかった。

本当にどこから現れたんだ、お前。それに、なんの関係もなくなったお前が、今さら何言ってんの？　ムカツクとかのレベルじゃなくなるんですけど！

「エリーゼ、彼は一体？」

わぁ！　ルークったら、分かってるクセにわざとフってきてるぅ！

「元！　婚約者だった方ですわ。今はなんの関係もないですわ。……ですから、私の婚約者であるルーク様が気になさることはありませんわ」

いい加減分かれ！　バカ！　馴れ馴れしいのはお前じゃ！　一体どこまで情けなくて甘ったれなの。急にこの場に来て、ただ一人腰を抜かして！　もう、私は婚約者でもなんでもないのよ！

「今は俺が婚約者だ、控えてもらおうか。オーガスタ王国第三王子ジークフリート殿下」

はっきりと宣言して、ルークは私の腰を抱いたまま歩き出す。私は振り返ることもなくルークに合わせて歩いて行く。

数歩歩いたところで、大きな黒い馬が近寄ってきました。

「クワイ、彼女は俺の婚約者だ。今から一緒に乗るが嫌がるなよ」

どうやらルークの愛馬のようだ。デカイ……本当にデカイ。私の馬……実家にいるチョロギーと同じサイズ。

「ねぇ、この馬ってシルヴァニア産……よね？」

「あぁ、俺が親父に臣籍降下と、卒業後に放浪したいことを話したら、宰相殿がクワイとマジックバッグをくれた」

「そう……よろしくね、クワイ」

そう言ってソッと手を伸ばすと、クワイはゆっくり顔を近づけて私の手を舐めた。仲良くなれそうで一安心だわ。それにしても馬とマジックバッグねえ……

「裸馬で走ってきたからな、俺の膝に足をかけて乗ってくれ。……乗れるよな？」

「乗れるわよ」

返事をしてから、ルークの腕から逃れてクワイに抱きつく。馬のみっしりした体と心地よい手触りについ微笑んでしまう。

「エリーゼ、ほら」

くるりと振り返ってルークを見る。腰を落として膝に足をかけやすいようにしてくれている。

小さく「ありがとう」と声をかけて、ルークの膝に軽く足をかけ、跳び箱を跳ぶみたいに跳ね上がって馬に跨《また》がる。フッと息を吐く音と共に背後にドサッと跨《また》がるルーク。

いつかこんな風に一緒になる殿方と馬に乗ってみたかった、そう思っていた無邪気な頃のエリーゼの気持ちを思い出して胸が痛くなる。

「クワイは賢いが、俺が心許《こころもと》ない。後ろから支えるが許してくれ」

ルークは返事も聞かずに、後ろから私の腰に腕を回して固定する。たぶん拒否っても無理なんだろうなー（棒）

「エリーゼッ！　待ってくれ！」

「ルーク様、参りましょう。……もぅ、いたくない……」

「キャスバル！　先に失礼する！」

ルークは私の言葉に頷き、クワイの腹を蹴る。

「殿下、いい加減にしてもらおう！　妹はすでに殿下の婚約者ではない、いつまでも婚約者の頃のように振る舞われては迷惑だ！」

キャスバルお兄様の憤怒《ふんど》まじりの声が背後から聞こえる……彼を責めているのだ。でも庇《かば》うことはできないし、したくない。

私たちは野営地だった場所から離れた。白いタマの体が並走してるのが見える。

ポクポクと馬は進む。私の目の前に浮かぶメッセージウィンドウのレベルアップ表示も進む。

その下に、新しいアイコンがズラズラと並んでます。

うっかりしてました、さっきは見逃してましたよ！　これは察するに、マネーとアイテムだと思うんですよ……確認は今からしますけどね。

から！
遠慮のないルークの問いかけに、振り向きもせずに返事をします！　それどころじゃねぇです
「ん、ただ今レベルアップ表示がきてます」
「なんだっけ……ステータス、窓ってウィンドウか？　あ……あっ！　オープン！　……出
たぁっ！　マジかぁ！」
どうやらルークもステータスを表示できたようです。
「うるさいにゃ！　ちゃんと主をささえるにゃ！」
あータマ、ナイスツッコミ！　いい子だなー、運命だね！　装備がピーターなウサギみたいな
チョッキだけなのが残念だから、なんとかしないとな……まぁ、ルークの喜びは分かるよ、私も喜
んだからね。
それにしても、レベル22ですか……一晩でこれだけ上がれば上等でしょう。
「無限収納のリストが見たいなー」
はい、表示されましたー……すっごい数です。リストは入れた順番のようです。これでは困りま
すが、整理は後回し！
ヒョイと手を動かして、どんどんリストを下がって……newって付いてる……親切だね……
牙猪の肉とか、牙猪の牙とかあります。まさかの討伐報酬《ほうしゅう》、自動受け取りです。でも、このアイ

テムって私が死んだときどうなるんだろう？

〈死亡と同時に自然消滅いたします〉

ウィンドウさんが素早く回答してくれました！　しかもウィンドウ被せで（笑）

皮とか骨も出たか……主の表示も大牙猪になってるわ……

「エリーゼ……エリーゼ先生……」

ん？　先生？　ルーク！　どうした‼

振り返って見たら、マジで泣いてます。引くわー。マジで引くわー……直視できぬ！　前見とこ。

「エリーゼ先生……俺……テイムがしたいです……！」

どうやらルークにはテイムのスキルがなかったみたい。ショックなのは分かるけど……

「俺もニャンコが欲しいです……」

あ～それは分かるなぁ～。分かっちゃうから、困っちゃうな～。ニャンコは可愛いしね！　できれば私はもう一匹欲しいんだけどなぁ……あげられるものでもないし、教えればいいってものでもないだろうし……うーんとアレなんだっけ……

「そうだ！　コピペ！　コピー&ペーストだっけ！　スキルもコピーできればいいのよね！」

〈スキル・コピー&ペーストができました。一部の下位スキルに限り、ＭＰ１００００でコピー&ペーストできます〉

えー⁉　ペロッと言っただけでスキルをコピーできるとか、どうなってるの⁉　いや、簡単に問題解決できちゃうけどっ！　便利だけど!!

「そんな便利なスキル、聞いたことないよ……」

え？　ちょっとヤダ、ルーク……そんなションボリしてほしくないわ。ションボリしすぎて私の肩にっ！　頭とか置かないでよ……困るじゃない……

「ルーク……あのね、よく聞いて……その……私の下位スキルの一部がコピペできるのよ……ＭＰ１００００で」

ルークはバッと私の顔を見て（近いっ！　近いからっ！）、最後のＭＰ１００００で眉がペシャンとなりました。

「ＭＰ１００００とか無理じゃねーか……」

ガッカリして再び顔が下がりました。ションボリのイケメン……乙。

「無理じゃないわよ、私……ＭＰとＨＰ、たぶんカンストしてるから。コピペ可能よ」

「……エリーゼ、いいのか……できることなら、欲しい」

「うん、いいよ。スキルがあっても、貴方がテイムできるかどうかは別問題だもの」

そしてちゃちゃちゃっとテイムのスキルをコピペして、無事ルークはテイムのスキルを入手しました。

「ありがとう！　エリーゼ！」

ありがとうはいい……だが、なぜ両腕でギュッと抱き締める！　コミュニケーション過多だと思わないの？　……そんな風にされると好かれてるみたいで、勘違いしそうだから止めてほしい。

「分かったから、腕……離して」

私より大きい体……すっぽり収まって、背中から温もりが伝わって安心する。

華奢《きゃしゃ》な女の体は魅力的なんだろうな。なんていうか守ってあげたい感あるもの……

それにしても男の広くて厚い胸板は安心感あるね……もっとも、背中に当たる感触はお母様のボインが一番ですけどね!!

「アレコレしてたら野営地に着いちゃったわね、クワイはちゃんと戻れるいい子ね」

ぼんやりと野営地から漏れる光や笑い声。あそこが戻るべき場所だと分かるのに、戻りたくない気分……なんでだろう。

「もう少し……もう少しだけ、一緒にいたい」

そぉっと両腕を離して、ルークはそう囁《ささや》いた。驚いて、体を捻《ひね》って見つめる。どんな顔して言ったのか気になったから……だけど見なきゃ良かった。私を真っすぐ見つめる瞳は真剣そのもので、今まで向けられたことのない熱にドキドキする。

「主、もどらないにゃ？　こっちみられてるにゃ」

そのとき、タマが不思議そうな表情で尋ねてきた。

あっぶなー！　見られてるとか、恥ずかしい！　ヤダァ!!

「えっ！　ちょっ！　待って！　見られてるって！　もぅ……ヤダ！　恥ずかしい！」

「ゴメン！」

何、このアオハル展開！　顔赤くなっちゃう！　恥ずかしさのあまりタマを見る……うん？　……タマの装備はチョッキだけだと思ってたけど、肩から斜めがけにしたポーチ的な小袋がある。何かしら？　何かアイテム入れてるとか？

「タマ……その小袋は何が入ってるの？」

ハッ！　としたタマの顔はめちゃくちゃ可愛いです！　体全体で驚くとか……前足がピョコッと上がって愛らしいです！　背後から「ヤベェ……スクショ欲しい……」とか聞こえましたが無視します。

「こっ……これは、やまでとったきのみがはいってるにゃ……ナカマにたべさせたかったにゃ……でも、ムリにゃ……」

ウルウルした目で見られたら、負けるでしょう！　それにナカマ……仲間か……木の実採取？　採取スキルがあるってことかな？　……鑑定したらいいのかな？　どれ、鑑定!!

タマ
土属性・精霊
オス
レベル：９
ＨＰ：１９０

ＭＰ：45
装備：拾いもののチョッキ・笛
得意技：穴掘り・採取

出た……出たけど、立ち歩きネコって魔物じゃなくて精霊でした。どこに笛を隠してるのか謎ですが、そんなことはいいんです！

今後、先に鑑定して、希望するスキルを持ってるニャンコをゲットすれば……

「エリーゼ、仲間がいるってことは俺にもチャンスが！」

よし！　行こう！　二匹目と、ルークのニャンコをゲットするために！　そして、タマの木の実採取を無駄にしないために!!

今だけは欲望に突き動かされようではないか!!

「タマ、タマの木の実を仲間に届けに行きましょう。ひょっとしたら私、タマの仲間を見てテイムするかもしれないけどいいかしら？」

タマは、ピョンッと跳ねて嬉しそうに前足をパタパタしてます！　何、この可愛い生き物！

「うれしいにゃ！　ナカマがふえるのもいいにゃ！」

よし！　ＯＫ!!　一言伝えてから、ルークと行くか！

「じゃあ、こっち見てる人に出かけることを伝えたら、タマの仲間のところに案内してくれる？」

「もちろんにゃ！　そんなにはなれてないにゃ！」

良ーい返事だ！　よしよし……どんな子がいるかなぁ……ククク……楽しみ楽しみ…………っと、後ろをどげんかせんと！

「ルーク、こっちを見てる方に少し遠出をすることを伝えましょう。そしたら、ニャンコをゲットしに行くわよ」

「あっ……あぁ！」

ポクポクポク……クワイが歩き出します……笑顔が溢れて止まりません。いたのは領主隊隊員でした。よし、こやつに伝えてっと……

「今から少しだけ、二人っきりで遠出してきます。婚約者同士ですもの、本当に少しだけですわ。お父様たちに伝えてちょうだい。さ、ルーク行きましょうか」

ぱぱっと伝えると、返事も聞かずにすぐさまクワイの向きを変えて歩き出します。

「タマ、行きましょう！」

私のかけ声でタマは前足をついて走り出し、クワイが踏まないようにその後を追いかける。月明かりの下、瞬《またた》く星々の煌《きら》めきが照らす夜の草原を走って行く。タマの言った通り、仲間たちの住処《すみか》はあまり離れてませんでした。

街道を横切り、少し草むらをかき分けたところ……野営地からも見えた岩肌剥《む》き出しの小さな岩山のようなところに案内されました。

玉転がしの玉サイズの石がいくつか重なってる陰に入り口があります。高さはあまりなく、タマくらいなら余裕で出入りできるサイズです。横幅はタマと同じくらいのニャンコなら、三匹同時に通れそう。私もしゃがんで入れば問題ないでしょう。問題はクワイを待たせることね。

「ルーク、クワイを待たせる？　それとも一人ずつ行く？」

「待たせる。クワイは強くて、スライムやゴブリンは寄ってこないんだ」

まぁ、少しくらいなら大丈夫か……マップに敵の表示は出てないし。牙猪のあとにかけた私の威圧で、弱いのはどこかに逃げたか？　それならそれでいいや。

マップ表示は黄色の逆三角形がいくつも重なり合いチマチマ動いている。精霊が逆三角形ってことかな？　うん？　青い精霊マークがこっちに来てる？

バッとマークのあった方向を見ると、お母様の使役魔獣であるハーピーがいました。……魔物じゃなくて精霊だったのか。

「めずらしいにゃ！　どうして、いるにゃ！　なにかようにゃ？」

タマが話しかけてます。両前足をヒョイッヒョイッと動かしてプリティーです！

「我が主が遣わした、そこの娘は我が主の娘。母心故に見てこいと遣わされたのだ」

知性あるぅ～、タマの可愛さとは違って賢いな～。さすがお母様の……お母様の精霊……従魔とは言えないよね……？

「そうにゃ！　わかったにゃ！　主はナカマ……ナカマにゃ！　ナカマにきのみをとどけるのをゆ

るしてくれたにゃ！　主はこころがひろいにゃ！　うれしいにゃ！」

タマ……ちょっとだけ賢くなった？　届けるだけじゃないけどね、ゲットする気満々で来たんだけどね。許せタマ！　この欲望に満ち満ちた主を！

「そうなのか……上から見届ける。我が主からは、不逞《ふてい》の輩《やから》がいれば痛めつけよと仰《おお》せつかった」

殺《や》る気満々ですね！　お母様は何一つブレてません！　さすがです！

「いや、俺は不逞《ふてい》の輩《やから》じゃないから……エリーゼ、早く中に入ろう」

ビビるルーク、略してビビルー（笑）

なんて考えてる場合じゃないか、まぁ……そうか……お母様、怖いもんなー。私だってお母様を怒らすのは恐いもん。

「そうね、時間かかると余計な心配するものね。さっそく行きましょうか」

「わかったにゃ！　いくにゃ！」

私たちはタマのあとについて潜《もぐ》り込み……出入り口を抜けた先はニャンコパラダイスでした!!

色んなニャンコがいます！　どうしよう！　どの子も可愛い！　こんなの迷っちゃう！

……ハッ！　違った！　スキルで選ぶんだった。タマはニャアニャア身ぶり手ぶり話してます……他のニャンコもニャアニャア言ってます。

近くにいるニャンコも、私に話しかけるようにニャアニャア言ってます。……ゴメン、さっぱり分からないわ……テイムしてないから？　良く分からないわ。

「エリーゼ、俺も採取スキル持ちが欲しいけど分かるか？」

「え？　えぇ、鑑定すれば分かるわよ」

ルークが目を見開いて驚いてます。どうした？　まさか……

「鑑定まであるのか……チートか……俺も欲しかった。無限収納があって、やった！　と思ったけど……そうか、鑑定もか……」

チッ！　面倒くせぇ！

「ステータス、コピペ……リストアップ。ルーク、ステータス出して！　鑑定あるから、写す」

「あっ、ありがとう！　いいの――」

「早く！　いちいち面倒！」

「……悪かった、ありがとう。ステータス、ここだ。……付いた……鑑定！　おぉ！　分かる！　分かるぞ！」

フラフラと立ち上がり、フラフラと歩き出すルーク……まるで夢遊病患者のよう（笑）

この際、ルークは放っておく！　私はさっきからどうにも気になるニャンコがいるので、一応鑑定してからゲットしようと思う。必死なのだ！

小さく「鑑定」と呟き周囲を見渡す。

〈採取〉〈爆発〉

爆発!?　爆発って火薬あるの？　聞いたことないわよ！

〈土属性・精霊が使う爆弾は精霊の特殊魔法です。火薬での爆発ではありません〉

ステータスさんが教えてくれました。……ステータスさん、優秀ですね。私の疑問にサッと答えてくれるなんて…………ただのステータスにそんな機能あるかぁっ！

ステータスさんとか言い辛い、これからは先生と呼ぼう。先生、ありがとう。これからも困ったときはよろしくお願いします。

〈……先生が名前ですか？　残念です〉

返答した！　マジか？　マジだな……私の命名センスひどいからな……こういうのって定番だとナビとかだけど、ナビでいいかな？

〈ありがとうございます、新たな名前をいただきました。機能が追加・解放されました。マスター、これからもよろしくお願いいたします〉

……レベルアップして、ステータスからナビになりました。とりあえず一旦、置いておきましょう。まずはあの一匹をゲットです。ゆっくり近づきます、攻撃しなきゃいけないのか……

〈マスター。「テイムの契約」と話しかけ、手を差し出し、応じてもらえれば無事テイム完了です〉

「なるほど！　ルーク！　テイムするには、テイムの契約って話しかけて手を出して応じてもらえれば完了だって！」

「分かった！　やってみる！」

どっかからルークの声が聞こえましたが、気にしません！　希望したスキル持ちは茶色の虎縞《とらじま》模様のオスニャンコです。

「テイムの契約」

ソッと手を出すとニャンコが小さな前足を出してきて、キュッと私の指を掴みました。温かい肉球が堪《たま》りません！　茶色とこげ茶の柔らかなお手々、可愛い……

〈立ち歩きネコがテイムされました。名前をつけてください〉

二番目の虎縞《とらじま》模様だから……

「トラジ」

トラジが小躍《こおど》りして喜んでます。タマも走り寄ってきて（二足歩行で両前足上げてます！）、一緒に小躍《こおど》りしてきました。何、コレ！　めっちゃ可愛いんですけど!!

「主！　なまえありがとにゃ！　これから、よろしくにゃ！」

「タマにゃ！　なかまにゃ！　よろしくにゃ！」

「トラジにゃ！　なかまにゃ！　よろしくにゃ！」

何、このやり取り！　可愛い〜可愛い〜！　写メ撮りた〜い!!

「エリーゼ、無事ゲットした！」

振り返ったら、ルークが白黒のニャンコを連れてました。四つ足タビ！　しかもふわふわ!!

すごくいい笑顔です……嬉しいのは良く分かったから、早く言いたいこと言え。

「俺の立ち歩きネコで名前はノエル、可愛いだろ？　この手足の先が白いトコとか可愛いよな！」

さっそくの飼い猫自慢的なやつですよ。気持ちは分かるけど鬱陶《うっとう》しいです。

「うん、リアルだとすごい可愛いわね！　私の二匹目はこの子、名前はトラジよ。で、こっちの子がタマよ、よろしくねノエル」

「ノエルにゃ！　タマ、トラジよろしくにゃ！」

ノエルの自己紹介もすんだし、野営地に帰るか。色々気になるし、心配かけたくないしね。

「じゃ、ルーク帰ろうか。タマも仲間に木の実を渡したのよね？」

「もちろんにゃ！　これであんしんにゃ！」

「そうか、じゃ帰るか」

ニャンコ三匹がニャアニャア言って、私たちのあとをついてきます。私とルークはチラチラと振り返ってニヤニヤしてます。だって可愛いから仕方ないです。

小さな出入り口から這《は》い出ると、クワイは大人しく待っていてくれました。ニャンコたちに驚くこともなく私たちを乗せて、ゆっくり歩き出します。

「クワイ、あの明るい野営地に戻るぞ」

ルークの一言でクワイは速歩になり、私たちの野営地を目指します。下を見ればニャンコたちは四つ足になってついてきてます。

キュッと後ろから抱き締められ、「ありがとな」と小さな囁《ささや》きが耳に吹き込まれ、少しだけゾクゾクしたのはルークには内緒です。凄《すさ》まじい勢いで野営地に飛んで行ったお母様のハーピーが、見ていなかったことを期待しておきます。

戻りました！　そこはかとなくピリピリとした空気が、野営地に漂っています。

分かります……きっと、お父様あたりがピリピリしてるのでしょう……それが周りに伝染《うつ》ってピリピリムードになってると思われます………でも気にしない！　お母様のハーピーもいたし、悪いことしてませんから！　でも、私たちを見る視線が微妙なのが気になります。タマとトラジがチョコチョコついてくる姿が可愛いな～とか気を紛《まぎ》らわせてみる。

………お父様の渋いお顔と、お母様の黒い笑顔が目に入りました。どうしよう……イヤな予感しかしない。

「ただいま戻りました、お兄様たちはお戻りになりましたか？」

戻ってないのは、領主隊隊員が少ないから分かってるんですけどね！　一応確認として聞いてみた。だって気まずいんだもん。

「ホホホ……まだ、戻ってませんよ。エリーゼ、貴女がルーク殿下と少しだけお話でもするのかと思ったら、随分と長いこと戻らなくってお母様心配しましたのよ。うっかりルーク殿下を殺《や》ってしまって、地面に埋めたりでもしてるのかと思って」

なんの心配ですか、お母様！　私、そんなうっかりで婚約者を殺《や》ったりしませんことよ！

「お母様、ルーク様は私の大事な婚約者ですわ。たとえうっかりでも、そんな後始末に困ることいたしませんわ」

あれ？　私、ちゃんとフォローしたわよね？　なぜにルークとお父様が悲しそうな顔してるのかしら？　解《げ》せぬ!!

「まぁ、エリーゼったら！　……そうね……どうせ殺《や》るなら大型が出そうなところでした方が、後始末は楽だものね」

あーっ！　後始末とか！　間違った～（笑）

そりゃあルークが悲しそうな顔しちゃうわ。お父様もね！

「んんっ……それよりも、心配をかけてしまってごめんなさい。私、後ろ暗いことは何一つしておりませんわ」

とりあえず身の潔白は明言しておこう！　大事なことなんで!!

「それは分かっているわ。ねぇ、エリーゼ……それよりも、その可愛らしいのは何かしら？」

お母様の目がキラキラしてます。視線の先にはタマとトラジがいます。

やだ……狙われてる……あげませんからね！

お父様のお顔が一気にションボリ感を醸《かも》し出してきました！　なんですか!?　……タマとトラジに釘付けですね。何を思ってるのかしら？

「私がテイムした立ち歩きネコで、白いのがタマ、縞模様《しま》がトラジですわ。タマ、トラジ。ご挨拶してちょうだい」

少し身をかがめて二匹の後頭部を軽く押して、私の少し前に出させる。

「タマにゃ！　よろしくにゃ！」

「トラジにゃ！　よろしくにゃ！」

「ちゃんと自――」

「可愛い～！　タマちゃんとトラジちゃんね！　私、エリーゼのお母様よ！　よろしくね！」

「……偉かったわよタマ、トラジ」

まさかブッ被ってくるとは……ん？　お母様、なんで超絶笑顔で二匹に寄って……

お母様はスッと膝を突いたかと思ったら、両手を大きく広げて、二匹纏《まと》めて抱き締めました。お父様、止めなさいよ！

って、お父様を見たら泣きそうな顔になってました。哀《あわ》れ！　お父様!!　そんなタマとトラジに興味津々でしたか。てか、まさかお父様可愛いモノ好き？

「ご心配をおかけしたようで、申し訳ありません。私もエリーゼ嬢の手ほどきでテイムできるようになりました。こちらが私のテイムした立ち歩きネコのノエルです。ノエル……挨拶を」

ルークはお父様に向かって、サラッとお詫《わ》びと紹介をしました。

スマートって、こういうことか……イケメンがやると無駄に格好いい……何度も思ったなぁ……

顔面偏差値が高いと何もかもが格好いい。

ノエルがトコトコ前に出て、お父様に向かって両前足をチョイチョイと動かしてます。

「ノエルにゃ！　よろしくにゃ！」

可愛い～！　タマとトラジも可愛いけど、ノエルも可愛い～！

あっ！　お父様がバッとノエルに近づいたかと思ったらガッとノエルを抱っこして、クルクル回ってます……お父様のお顔も蕩《とろ》けてます……イケ渋どこ行った。

「可愛いな～！　この温もり！　小ささ！　幼かったエリーゼを思い出すなぁ～、あの頃のエリーゼは父様大好き～って言ってくれて！」

チラチラこっち見んな！

「エリーゼは大きくなったら、何も言ってくれないからな～」

チラッチラッ見すぎ！　お父様もルークも、周りにいる人まで私を見てるじゃん！　どんな罰ゲームよ！　ちっくしょう!!

「……くっ……お父様！　私、今でもお父様のこと大好きですわよ」

よし！　よく言った私！　これで満足でしょう！

お父様、まだ回ってる……ノエルがワタワタしてきてるから、離したれよ……

「あ～小さかった頃みたいに、父様大好き～って言われたいなぁ～！」

どんだけ～！　欲張りか！　欲張りなんだな！

そしてルーク！　お前も期待に満ち満ちた顔で私を見るな！　言ったるわ！　女は度胸じゃ！

笑顔だ！　笑顔を浮かべて……

「お父様……父様、大好き～！」

「うおおおぉぉぉ!! エリーゼェッ！ お父様もエリーゼのことが大好きだぁぁぁぁっっ!!」

お父様はノエルをヒョイと下ろして、すごい勢いで私の目の前に来たかと思ったら、スンゴイ力で私を抱き締めました。

ちょっ！ やめ!! バカお父様、離せえええ!! そして高い高いするなぁ！ ちょっ！ 回るな!? やめて！

「うぁぁぁぁぁ！ あのバカ王子にやらなくてすんだと思ったら、帝国の皇子と婚約して仲良くなってぇ!!」

男泣きしだしたよ……何よ、嫁入り前の娘扱いとか……バカなの？ お父様……グルグル回る視界の中、気が遠くなりました。

「ハインリッヒ、泣きすぎですわよ。エリーゼの婚姻は早くても一年以上かかりますよ。それまで、今まで我慢していたことをなさいませ。エリーゼ、貴女、キャスバルとトールと一緒に討伐していたでしょう。お父様も一緒にやりたかったのよ、そこは汲《く》んであげてちょうだい」

なるほど納得。そうか、お父様は私と一緒に一狩りしたかったのか。

お母様は満足したのか、タマとトラジを解放して立ち上がり、私たちの近くにやってきました。

そしてやっと高い高いと回転が止まりました。なんたる恥辱《ちじょく》!!

「では、お父様。今度は私と一緒に討伐に出かけましょう。お父様の勇姿……私、楽しみですわ。

お父様……苦しいので、離してくださいぃ」

「う……グスッ……おぉ、私の勇姿が楽しみか！　そうか！　お父様の強さを見てくれるか！　エリーゼは本当に可愛いな！」

お父様はそう言うと、ソッと離してくれました……息苦しかったわ！

「良かったわね。貴方の討伐している姿は、本当に凛々しくて格好いいですものね！」

お母様がベタ褒《ぼ》めです、なんだかんだでラブラブですね。兎《と》に角《かく》、一件落着で良かったです。

さて……残る問題を片付けないとマズいね！　ずっと私に視線をブッ刺してる主、アニスです！

目は真っ赤で、恨《うら》みがましい目つきです。

ヤバイなヤバイな〜どうしたら機嫌治せるかな〜？

ちょっと馬車の中でゆっくり話し合わないとダメかな？　ダメだろうな……ほったらかしタイム、ちょっと長かったもんな。困ったなぁ……

「私、少し馬車に戻ってますわ。タマ、トラジおいで」

さっさと早足でアニスに近づきます！　アニスにものは言わせません！

肩を抱いてちょっと強引に自分の馬車に向かいます！　着いたら扉は私が開けます！　ここまで無言でノンストップでやり遂げました！

アニスの不満顔は治りませんが流されてます！

「アニス、乗って。タマとトラジも乗って」

言われるまま黙って乗って行きます。タマとトラジもヒョイヒョイ乗って行きます……ニャンコはプリプリお尻だな！

おっと、私も乗り込みカチンと鍵をかけます。

さて……こっからですよ、どうするかな？　まるで浮気した夫のようだな……私、女ですけどね！　……参った……アニスがハラハラ涙を流しちゃってるよ。

「独りぼっちにしてごめん」

隣に座って強く抱き締める。誤魔化すつもりじゃない。

文句一つ言わないで私を待っていてくれたアニスの気持ちを考えたら、抱き締めずにはいられなかった。

触れた頬は少し冷えていて、火に当たらずに待っていたのかと思って切なくなる。

「淋《さび》しい思いをさせて、ごめん」

キュッと私の武装を掴んだ瞬間、アニスから嗚咽《おえつ》が漏れてきた。わんわん泣くアニスをずっと抱き締めていたら、タマとトラジが空気を読んだのかアニスの足にキュッと抱きついた。

「いたいにゃ？」

「つらいにゃ？」

アニスは話しかけられて初めて気が付いたのか、ヒックヒックしながら足元を見つめた。

「あ……うん……痛くないよ、も……つらく……ない……よ……」

どうやら涙は止まったようだけど、今やっと気が付いたのかな？

「アニス、新しくテイムした立ち歩きネコのタマとトラジよ。仲良くしてね」

パチパチと瞬《まばた》きして私を見るアニス。キョトンですね！　分かりますよ。そしてアニスは、私から体を離してマジマジとニャンコたちを見つめる。

「タマ……トラジ……あの、アニスよ。よろしく？　ね？」

うん、スッゴい疑問符が付いてた気がするよ！　タマとトラジはアニスの足にくっついたまま、顔を上げてる……可愛いな……てか、羨《うらや》ましい！

「タマにゃ！　よろしくにゃ！」

「トラジにゃ！　よろしくにゃ！」

「可愛いですね……エリーゼ様、この子たち可愛いですね！　触ってもいいですか？」

触るとかじゃなくて、私が抱っこしたーい！　なので、アニスにトラジを抱っこさせて私はタマを抱っこする！

「タマ、私のお膝においで」

ポンポンと膝を叩いて、タマが寄ってくるのを待つ。トテトテと寄ってきたのでヒョイと抱えて、膝の上に乗せる……思ったより軽い。フワフワのサラサラの毛で触り心地がいい。

タマはクルンと体の向きを変えて、私はタマを後ろから抱く形になる。

あったか〜ヌクヌク〜。ニャンコの柔らかい体そのままにサイズアップした姿にメロメロだ！

トラジのちょっぴり寂しそう顔！　そんな顔も可愛いね！

「トラジはアニスのお膝に乗るといいのよ。ね！　アニス！　アニスもお膝に乗せてみてちょうだい」

「トラジ、私のお膝においで」

「のっていいにゃ？　……うれしいにゃ！　タマとおそろいにゃ！」

ヨジヨジとアニスの膝に乗ろうとしたトラジをアニスは抱き上げ、クルリと体を返して同じ向きになるように抱っこした。

「温かいですね……エリーゼ様が牙猪を討伐しているって聞いて、加勢しようと思ったら旦那様に止められました。静かになって、帰ってくるかと思ったら、また討伐に行ってしまったって聞いて……置いて行かれたみたいで…………私……」

ジワリとアニスの瞳が潤《うる》んできて、また泣きそうになって内心慌てる。

「ごめんねアニス。でも、アニスを危ない目に遭わせたくなくて……寂しい思いをさせたのは悪かったと反省してる。でも牙猪の数も多かったし、待っててくれて良かったとも思ってる。大牙猪とか大きかったしね！」

「そんなに大きかったんですか？」

ビックリ目で私を見るアニスは正直、可愛い。何せ私より細い体で身長だって低いのだ、可愛くて当たり前なのだ！

「キャスバルお兄様は中型だって言ってたわ。そのうちお兄様たちがあっちで討伐した牙猪を持ってくると思うわ」

……あのサイズは、ちょっと危ないと思うのよ……それに人を食べちゃったとか言うのは止めておこう。だって、ねぇ……

「中型………エリーゼ様、無茶しないでください」

「無茶しない……うん……できるだけ、無茶しない……落ち着いたみたいだし、皆のところに戻ろっか。ちょっと喉渇《のどかわ》いちゃったし、紅茶を淹《い》れてもらって温まったら馬車で少し休もう？　ね？」

なんだか色々疲れたし、少しでも横になって休みたい……体力的に疲れたわけじゃなくて、精神的に疲れたんだと思う。ただ闘ったからとかじゃない気がする。

「はいっ！」

私はタマを床に下ろすと、アニスもトラジを床に下ろし、私たちは立ち上がり馬車から出て行く。

もちろん、私たちのあとをタマとトラジがトテトテとついてきている。

…………しまった…………美味しいと何もかもが食べ尽くされることを失念していた。

わちゃわちゃしていて、コンロのことを一切気にせずにいたが、コンロの上には何一つ……いや、お湯が入った大鍋一つがあるだけであとは何もなかった。

ポトフの入った大鍋も、リンゴのコンポートが入っていた鍋も消えておりました……無念!!

「あっ！　お嬢！　どっちも汁も残さず平らげちまったんで、片付けましたぜ！　いやぁ、美味しかった！　リンゴを煮た甘い汁を紅茶に入れて飲んでみたんですが、甘さと香りが段違いでした！　さすがお嬢です！　お嬢に教えてもらって良かったですよ、奥様が大喜びなさって……っ　て……お嬢？」

やられた……料理長にやられてたよ………でも、お母様が喜んだなら良しとしよう……でないとなんか救われない。私の疲れた心が……

「そう、喉《のど》が渇《かわ》いたから紅茶を淹《い》れてもらおうと思ってきたのよ。ね！　アニス、私アニスの淹《い》れた紅茶が飲みたいわ」

「はいっ！　心を込めて淹《い》れますね！」

「えぇ、よろしくね」

笑顔！　笑顔で返事をして後ろに付いてきているタマとトラジを振り返って見てみると、キョロキョロとあちこち眺めている。かと思ったら、両前足をバンザイしてトトトトッとコンロに走り寄って行った。

「あったかいにゃ！」

「あかるいにゃ！」

トラジが温かいことを喜び、タマは明るいことを喜んで………二匹並んで小躍《こおど》りし出しました。

「可愛い………」

アニスがポツリともらした言葉に、私は激しく同意した！

「可愛いは正義………」

私の言葉にアニスはハッ！　とした顔で、私とニャンコを交互に見た。

「可愛いは正義………可愛いは正義なんですね！　エリーゼ様も正義！　タマとトラジも正義！

じゃあ、私紅茶淹《い》れてきます！　正義のために！」

間違ってる!!　間違ってるよアニス！　何言っちゃってるのアニス！　……走って行っちゃったよ。

「うぉぉぉ〜ぃ……」

うん？　今、何か聞こえたか……？

「おおぉぉぉ〜ぃぃぃぃ！」

野太い声がいくつも聞こえた！　帰ってきました！　向こうで討伐していた連中が帰ってきましたよ!!

……うん？　帰ってきたけど、一人だけ走り込んで来るとか、いかがしたんだろう？

「牙猪が大猟《たいりょう》なんだ！　運ぶのを手伝ってくれ！」

走り込んできた人が、大声で叫びましたよ……その声に誰よりも早く反応したのは、お父様でした。

「よし！　魔物除けを持って、すぐ脇に捌《さば》く場所を作るぞ！　捌《さば》くのはそのあとだ！」

お父様が叫ぶと領主隊隊員が、素早く走って消えて行きました。

あとのことはお父様とお兄様たちに任せておきましょう。ノエルがトテテテッと走ってきました。なんでこのニャンコたちは走るときはバンザイなのか……可愛くってキュンキュンするでしょう！

「エリーゼ、俺も向こうに行ってくる。剥《は》ぎ取りの勉強してくるわ」

正確には解体なのだけど、まぁ……分かるけどね。でもできないと困るのは確かだもの、自分でできるように勉強するのは、いいことだと思う。一通りできれば、この先討伐に行ったとき便利だと思うのよね。……ルークも無限収納のスキルあるけどね！

「頑張って！　向こうで討伐した分は、なるべく早く食べるか売るかしちゃいたいのよ」

あっ！　ルークの顔がちょっとだけ渋くなりました。人食い集団だったことを思い出したようです。

消化してなかったと思うけどね……気分的に嫌なのよね。

「そうだな……俺のアイテムバッグに入っていたものは、全部無限収納に移したし、バッグに向こうのやつ入れておくか……部屋いっぱい分くらいの荷物は入るからな。……うん、そうしよう。キャスバルに申し出て、向こうのは俺が預かることにするな！」

「ありがとう」

それで良ければ助かるわ！　本当は私の無限収納も秘密のはずなんだけど、堂々と人前でやっちゃったしなぁ……討伐隊の方の牙猪を一緒に収納しちゃうと、区別つかなくなりそうで嫌なのよね……うん嫌なのよ！　気分的に！　だからルークの申し出は、正直嬉しい。私はルークに手を振って、笑顔で送り出す。どうせなら別々にして早めに食べるか何かしてしまいたい。

ルークの姿が見えなくなってから、振り返ってアニスを見る。ペロッと舌を出してからテヘッと笑う。

「押しつけちゃった！　いいよね？　疲れちゃったもの」

アニスは一瞬キョトンとしてから、笑顔になる。

「エリーゼ様は頑張ったんですから、押しつけていいんですよ！」

紅茶の入った木のカップを一つ手渡され、私たちはクスクスと笑いながら一緒に紅茶を楽しんだ。

自分の気持ち

「エリーゼ、ルーク殿下も行かれたのね」

お母様がすぐ後ろにいました！　気配を消してこられるとか心臓に悪いです！

「お母様！　びっくりします！　……えぇ、ルークはあちらに行きましたわ」

振り返って、抗議と応答をする。ジットリと見つめてくるお母様は何かを言いたそうなのだけれど、何かしら？　……なんか真剣なのだけど、どうしよう……

「エリーゼ、貴女……ルーク殿下のことを呼び捨てにしてるの？」

ん？　変なこと言ったかな？　……いや、呼び捨てが不味《まず》いんだっけ……でも、もうお互い呼び捨てにしちゃってるし……

いや、ルークはお父様とお母様の前では呼び捨てにしてないかも……ん？　ん？

「えっ……えぇ、親密に見えるように、お互い呼び捨てにしようと提案されて。はしたないでしょうか？」

お母様はウンウンと頷くと、ニッコリ笑ってくださいました……黒くない笑顔で一安心です。

「エリーゼがルーク殿下との婚約を不本意だと思っていたら、早めに解消するように動かないといけないと思ったのだけど、仲が良いようで安心したわ。正式に打診して婚約を成立させましょうね」

公《おおやけ》に婚約者として発表するってこと？

……私は確かにルークのことを嫌いではない、むしろ好きだ。ジークフリート殿下と比べものにならないほど、遙《はる》かに好意を抱いていると言っても過言ではない。

でも、彼は？　ルークは私のことをどう思っているのだろう？　決して悪感情ではないと思うけど……それは恋愛感情というより、同じ転生者としての仲間意識かもしれない。

不安がないと言えば嘘になる、でも……もし婚姻するならば、私は彼がいい。

「私はルークが……彼がいいならば、お話を進めてほしいです」

そうだ……このままでいられないなら、少しでも気持ちのある方のもとに嫁《とつ》ぎたい。気持ちのない方に嫁《とつ》ぐのも、心ない方と婚姻するのも嫌。

お母様は私を抱き締め、頭を優しく撫でてくれた……子供の頃、良くお母様にしてもらったように。

しばらくしてもらってなかった、思わず甘えたくなる抱擁《ほうよう》にキュッと胸が締め付けられる。お母様はそっと離れると、私の手を握ったまま話しかけてきた。

「エリーゼ、私は……私だけではないわ、ハインリッヒもキャスバルもトールも、皆貴女の幸せを願ってるの。ルーク殿下は良くできた方だと思っているわ……では、しっかり話を通してルーク殿下をいただきましょうね」

いただく？　え？　私がお嫁に行くんじゃなくて？

「お母様？　その………いただきましょうねって………」

「ん？　ルーク殿下は第五皇子でいらっしゃるでしょう。エリーゼを帝国皇室にあげるなんてできるわけないでしょう。ですから、ルーク殿下をシュバルツバルトにいただくのよ」

お母様はちょっぴり黒い笑顔で仰《おっしゃ》いました。逆らったら不味《まず》い微笑みです。チラッとお母様の後ろを見ればウンウンと頷くお母様の専属侍女トリオがいました。

「良かったですね！　エリーゼ様！　私は前の方より、ずっといいと思います。こちらにいらっしゃるなら、色々助かりますね！」

後ろから明るくアニスが、後押ししてくれました。そっか、アニスも賛成してくれるならルークと結婚するの、本決まりだなぁ……そっか……あの広い胸に抱かれるのか………

――ハッ！　私ったら何を‼　いかんいかん！　邪《よこしま》なことを……いや、でもジークフリート殿下のうっすい体とか無理だし！　違う！　違う！　そうじゃない！　そ・う・じゃ・な・い‼　何、考えてるの私！　比べたらダメ！

あぁ～でも、比べちゃう～。ジークフリート殿下ってダンスもリードしきれなくて、フラフラしてて頼りなかったし！　剣はまともに振るえなかったし！　軍馬は怖いとか言っちゃうし！　甘言《かんげん》にはホイホイ乗っちゃうし！　頭悪くてお話しできなかったし！

……ダメ！　これ以上考えたら、何か人として大事なモノをなくしそう‼

「そうね、アニスも賛成してくれるなら私も嬉しいわ」

うん！　考えたら負けね！　…………よし、落ち着いたら眠たくなってきたわ。

「お母様、私張り切りすぎたみたいですわ。なんだか疲れてしまったので、先に失礼して馬車で休ませて頂きますね」

「ええ、今日はたくさん頑張ったものね。ゆっくり休んでね、お休みエリーゼ」

お母様に挨拶をして、静かに歩き出す。もぅお兄様たちもお父様もルークもムリです。

「アニス、行きましょう。タマ、トラジもおいで」

「はい、エリーゼ様」

「はいにゃ！」

「ついてくにゃ！」

私たちは馬車へと向かって行った。それはもう、タマとトラジがチョコマカとついてくる姿をチラチラ見ながら笑い合って。私とアニス、タマとトラジは馬車に乗り込み鍵をかける。

「エリーゼ様、申し訳ありませんがこちらの席に座って待っていてください。タマとトラジも、エリーゼ様と座っててね」

「えっ……えぇ」

「わかったにゃ！」

「主のとなりにゃ！」

アニスは私の座っていた座席の足元の部分を引き起こし、ガチャガチャと弄《いじ》る。

座席の背もたれも外され、横になるには充分すぎるほどのスペースが誕生した。これだけ長いと男性でも余裕で横になれるわね。アニスがごそごそと動き、パタパタと動いて座席にはフットカバーがかけられる。

「すごいにゃ……」

「ひろいにゃ……」

「そうね、すごいわね」

アニスがヒョイと体を奥に伸ばすと、奥に畳んであった毛布をズルッと引っ張った。そして、毛布を綺麗に張り、クルリと振り返ってこちらを見る。

アニスは、いい笑顔のドヤ顔です（笑）

「お待たせいたしました。これで、お休みできますよ」

「ありがとう、アニス……さて、アニスは私の隣でこっちの端からタマ、私、アニス、トラジの順で横になりましょうか。剣は頭の辺りに置いておけばいいかな？」

「はいっ！」

「いっしょにねるにゃ！」

「あったかそうにゃ！」

私たちは武装をほとんど解くことなく、横になった。タマは私のウエストの辺りで丸くなる。肘を立てて少し上半身を起こし、アニスの向こう側を見れば、アニスのお腹の横で丸くなるトラジがいました。毛布をバサリと広げ、足元から胸元まで覆う。

「アニス、もっと寄ってらっしゃい」

キョトンとしているアニス。私は薄く笑って、空いている手で端に寄せてあるクッションをいくつか手繰《たぐ》り寄せ、頭の下に置く。そして、バフンと頭をクッションに落とした。

「ほら、おいで……馬車の中は魔石で暖かくなってるけど、離れてると冷えるでしょ」

そう言ってアニスを抱き寄せた。アニスは小さな声で「エリーゼ様、温かいです……」と言って抱きついてきた。クスクスと小さく笑い、アニスの額に軽くキスして耳元に「お休み」と囁《ささや》いて瞼《まぶた》を閉じる。

あぁ……本当に疲れた……密着した部分からアニスの体温が伝わってくる。腰の辺りからアニスより少し高い温度が伝わってくるのは、ニャンコだからかな？

あったかいな……フフッいい夢見れ……そ…………


…………暑い…………重い…………？

暑さと重さで目が覚めた。覚めたけど……え？　なんで？　腕……痺《しび》れてる…………

そっか、アニスに腕枕してたから痺《しび》れてるのか……？　でも、なんで…………

頭は動く……ならば、分かる気がする！　馬車の中は柔らかい薄明かりがつけられていて真っ暗じゃない！

…………っ!?　ぬぅ！　なんで二匹揃って私の背中に寄っかかって寝てる！　しかも毛布の上で！　暑い！　暑いわ!!　…………痺《しび》れはクッションの上に腕を乗っけたのが原因か！

クッションの下に腕をずらして……アニスの首の下の隙間に……よしっ！　これで少しはマシになるでしょ、あとはニャンコどもだ。

「タマ……トラジ……重い」

二匹の下敷きになっていた腕を引っこ抜き、ポンポンと軽く叩くと、二匹ともウニャウニャ言っている。グイグイッと二匹を退かすと、二匹はくっついて団子状態になってまた寝だした。

なんとか楽になったので、再び瞼《まぶた》を閉じる……二度寝っていいよね………


あっさでーす！　熟睡しました！　スッキリです！　窓から入る朝日が眩《まぶ》しいです。

「おはようございます、エリーゼ様」

おっ！　アニスが超ご機嫌だ！　うん、今日はいい日になりそうだ。

「おはようアニス、起き出して支度しよっか」

「はいっ！」

………あ、お知らせランプ光ってらぁ……放置してたわ。上半身起こして、足を伸ばす格好で座り込む。収穫♪　収穫♪　テンサイと小豆《あずき》とサツマイモができました♪

……そういや、何か忘れてるような気がするけどなんだっけかなー？　ま、いいや！　そのうち思い出すでしょ！　次は何植えるかなー？　サトイモ・シイタケ・シロネギを十面ずついっとくか！

「エリーゼ様、濡れ布巾です。どうぞお顔を拭いてください」

いつの間にか、アニスが簡易ベッドから起き出してゴソゴソやってました。

「ありがとう」

………濡れた布巾で顔を拭くのはいいけど、体どうしよう……ライトノベルとかだとクリーンとか言って髪から体まで綺麗にしてたよなぁ……場合によっては身につけているものまで綺麗にしてて……あれ便利そうなのよね。

手渡された濡れ布巾で顔を拭きながら、ツラツラと考え……るより言ってみたらいいのよ。そうよ！　案ずるより産むがやすしとか言うじゃない！

「アニス、ありがとう。サッパリしたわ。……クリーン」

呟いた瞬間、スルスルスル～と何かが頭の天辺から足先までクルクルと回りながら下りていきました。

まさかの成功ですか？　汗をかいて少しベタついていた体がサッパリしてます。

「…………エリーゼ様、今なんの魔法を使いました？　髪も肌も武装までピカピカなんですけど」

ハッ！　アニスの目の前でお試し魔法を使っちゃったわ！

「え……え～と、その綺麗にする魔法を……その……試してみたら、できたみたいなの。アニスも試してみる？」

ここは正直にゲロっておこう！　アニスだって女の子だもん、綺麗な方がいいよね！

「いいのですか？　でも、最後のクリーンが呪文ですよね？　詠唱としては短くて便利そうですが、どういったモノなのか私には分からないので教えてください」

うーん……イメージを伝えればいいんだって分かるけど、例えを使って説明してみるか……伝わるかなぁ……

「そうねぇ……空気でできた、毛足の長い丸い玉みたいなのが頭の天辺から足先までクルクル回って汚れを吸い取ってくれる……って感じなのよ。考えながら呪文を詠唱してみてくれる？」

「はい…………うん、なんとなくいけそう。よし…………クリーン。……あっ…………あれっ！

あっ…………できたみたいです」

成功です、なんで分かるかって？　アニスの寝乱れた髪がサラサラのツヤツヤの緩ふわヘアになってたからです。

成功したのなら、是非とも試さねばならぬ！　私が対象者にかけるのも有効なのか、と。

「タマ、ちょっとおいで。…………いい子ねー…………クリーン」

「にゃっ！　にゃにゃ！　すごいにゃ！　ピカピカになったにゃ！」

できたし！　すんごい綺麗になったし！　言うことなしだし！　これはいい魔法！

「綺麗になったねー。トラジもおいで、綺麗になろうねー。…………クリーン」

「にゃー!!　すごいにゃ！」

やってきたトラジにもクリーンの魔法をかけると、トラジは両前足をグーパーするように爪先を開いたり閉じたりしてます。二匹ともツヤツヤのサラサラ感マシマシなボディになりました！

「あっ！　エリーゼ様、魔物除けの軟膏《なんこう》を塗っておきましょう！　せめて見えるところだけでも！」

お〜あの不思議軟膏《なんこう》か、いいね！

アニスは手に軟膏《なんこう》を持って、ゴソゴソと身を乗り出し、私の隣にやってきた。

「そうね、何があるか分からないものね。塗っておきましょう」

そして私たちは自分で塗れるところは自分で塗って、ちょっと無理そうなところはお互いに塗り合って塗布作業は終了です。グリーンの香り、いいよね！

「そろそろ皆起きてくるでしょう、朝食の手伝いをしに行くわ」

私は頭の辺りに置いておいた剣を取り、おもむろに立ち上がる。

「行ってらっしゃいませ」

そう言うと、アニスも立ち上がり窓を開け始めた。

「うん、タマもトラジも行くよ。朝ごはん作り、手伝ってね！」

「わかったにゃ！　おてつだいとくいにゃ、ガンバルにゃ！」

トラジったら張り切って前足を上げてグーパーしてる（笑）

「ボクもがんばっててつだうにゃ！」

タマは得意じゃないのかな？　でも頑張るのね。

私は二匹を連れて、馬車から降りて野営地中央のコンロを目指して歩き出した。

……今、コンロの前です。両肩をお母様に鷲掴《わしづか》みされてます。

お母様の目がマジです、本気と書いてマジと読む……のマジです。さっきまでいた料理人たちも料理長も私の後ろでガタガタ震えてます。

ちょっと思い出そう。なんで、こんなことになったのだろう――


私とタマとトラジ、それから料理長と料理人でコンロを囲んでました。トラジは料理もできるらしく、料理長にトラジが料理を作れること、今回から私と一緒に料理を作ることを伝え、仲良くなってね！　と一通り自己紹介とかしてもらった。

そのあと、料理長たちが持ってきた昨日の鍋をコンロに置いてもらいます。

朝っぱらから肉料理は重いのだけど、兎ならいけるだろうと肉屋から買った角兎の肉を無限収納からボコスコ出しました。

え？　人前でスキルを見せて平気かって？　平気です！　料理長たち以外は出てきてません！

マップで確認しました！

それに料理人たちが壁になってくれてます！　サンキュー皆！

ブロック肉は出汁《だし》も出るので、そのまま鍋にボトボト入れていきます。

野菜も出しましょう！　タマネギやニンジン、ジャガイモを出して、皮むきを頼みます。

……少し大きい鍋を出して……そして米です、米を十キロ出します。

なんてことでしょう！　『米』としか表示されてませんでしたが、白米に精米されている『米』でした！　具材を入れる鍋はドデカイ鍋なんで、米を足しても問題ないでしょう。しかも五個もあります。

ベースは鶏ガラスープにしましょう！　アッサリしてるし兎肉とはケンカしないでしょう。

「お嬢、これはなんですか？」

料理長が精米ずみのお米を見て、キョトンとしてます。

「お米という穀物よ。腹持ちもいいから入れようと思って。でも、このままだと匂いが気になるから洗いましょう。洗い方を教えるから、一緒に来て」

おっと！　鍋に水を入れておかないと……魔法でちゃちゃっと半分チョイ入れておいて……

「向こうの柵《さく》の近くに行こっか、水は捨てなきゃいけないから。トラジ、ちょっとだけお留守番しててね」

「わかったにゃ！」

「ボクはついていてくにゃ！　ボクもおぼえるにゃ！」

「タマもトラジも偉いなー！　行ってきます！」

料理長とタマを連れて行きます。米入り鍋は料理長が持ってます。少し重いけど、私に持たせるわけにはいかないそうです。

……たぶん、私……三十キロくらいなら余裕で持てそうな気がします。

私の馬車の近くに来ました。馬たちがいななく横で、鍋に水を入れます。

「料理長、ぐるぐるっとかき回してちょうだい。水が白く濁ったら、水を捨ててちょうだい」

「はい」

料理長がかき混ぜて、水を捨てようとしたときでした…………馬たちが騒ぎ出しました。しかも繋《つな》いであるのにこっちに来ようとします。

「え？　何？　どうしたの？」

「どうした？　お前たち、何騒いで…………」

おや？　隊員が現れました。

「……あっ！　それっ！　……そうか、気になるか。申し訳ありません、その白い水をいただけますか？　馬たちが気になるみたいで」

馬たちはこの糠臭のする水を所望《しょもう》のようです。

「何か水を入れるものをいただけるかしら？」

そう言うと隊員が走って消えた。そして、すぐさま金だらいを手に戻ってきました。

私はそれを受け取って、料理長に差し出す。

「料理長、これに鍋の中の水を入れてちょうだい。そしたら、また新しい水を入れるわね。同じようにかき混ぜてから捨ててね」

「はい」

料理長がとぎ汁を金だらいに注ぎ、その後、私は鍋に新しい水を入れた。料理長は同じように米をかき混ぜてから、金だらいにとぎ汁を入れる。

「じゃあ、この水のない状態で米を四十回くらいかき混ぜてちょうだい。…………こちらの水は馬たちにあげていいわよ」

隊員はコクンと頷いて、金だらいを持って馬たちの方へ向かいました。馬たちがすごい勢いでとぎ汁を飲んでる音が聞こえます。

えー？　馬がとぎ汁飲むとか本当～？　いや、飲んでるけど…………

「ありがとうございます。馬たち、すごい喜んでます」

「みたいね……知らなかったわ」

うん、知らなかった。まさかとぎ汁を飲むなんてね。

「お嬢、混ぜましたぜ」

「うん。ある程度水が綺麗になるまで、何回もすすがなくちゃならないのよ。また軽く混ぜたら金だらいに水を入れてちょうだい。その後すぐ、私が新しい水を注ぐから」

そう言って水を注ぎ、鍋の中をクルンとかき混ぜ、真っ白になった水を捨てる。一連の動作を何回も繰り返して、米から出る濁りはほとんどなくなった。水気を軽く切る。

「これでいいかな。じゃあ、戻ろうか」

隊員が頭をペコペコしながら、そして、馬たちが目をキラキラさせながら見送ってくれました。

「おぼえたにゃ！　でも、できないかもしれないにゃ！」

「そうね……いつか、少しのお米で試しましょうね」

タマの言葉に、ちょっと笑いながら答える。コンロに戻ってきて、お米をそれぞれの鍋に分け入れます。

「重かったのにありがとう。でも楽しみだわ。鶏ガラスープを出すわね」

料理長を労《ねぎら》い、ペースト状にした鶏ガラの瓶《びん》を出す。

料理長はためらいなくペーストを鍋に投入していきます。もうすっかり慣れた様子です。もっとも鶏ガラといってもガラの木の実なんだけどね。でもお手軽ガラスープの素《もと》は便利すぎて手放せないのよね。

下ごしらえのすんだ野菜を持った料理人たちがやってきました！　それぞれの鍋に同じように野菜を投入していきます。

「じゃあ、薪《たきぎ》を足して煮炊きしましょう」

次々と薪《たきぎ》が足されていきます。火力が足りないので火魔法で火力アップを図ります。

「こっからはボクのでばんにゃ！」

「足場を作るわね！　土魔法でチョチョイのパッ！」

土魔法を使い、トラジの足場をサッと作ると、トラジはその上にピョンッと乗っかりました。料理長と一緒にお玉をクルクルし出します。私の脳内に軽快な音楽がエンドレスで鳴ってますが、触れないようにしましょう。

「料理長、トラジに鍋をちょっとずつでもいいからかき混ぜさせて」

「分かりやした」

料理長、気になるようです。

「トラジは料理が作れるみたいだから、私も興味があって」

トラジが鼻唄まじりになってきました。お尻をフリフリさせて器用にお玉を回してます。

「ニャッ♪　ニャッ♪　ニャーン♪」

軽快なリズムでお鍋をかき混ぜる姿は癒《いや》されます。

ええ、それだけで緊張感からホンワカした雰囲気になります。

そう言えば、トラジをテイムした時も鍋で何か作っていたみたいだったのよね……

それにしても料理するニャンコ……尊い……！

「トラジ、すごいわよ！」

「やったにゃ！　主にほめられたにゃ！」

「料理長、トラジに鍋を一個ずつ任せてくれる？　トラジもこの鍋をかき混ぜたら、あとは料理長に任せていいかしら？」

「いいにゃ！　ボクがまぜたあとはまかせるにゃ！　ボクはかんたんなコトしかできないにゃ！」

料理の腕前は未熟だと自覚してるわけね。じゃあ、毎日お手伝いしてもらって色んな料理を作れるようにしてもらおうかしら？

「じゃあ、少しでも料理長と一緒に料理していこっか！」

「うれしいにゃ！」

「お嬢、コイツ……めちゃくちゃ可愛いんすけど……いいんすか……？」

フフフ……トラジの魅力にメロメロね！　分かるわ！　体全体でお玉を回す姿も、最後の「うれしいにゃ！」って言ったときのシッポをピーンッってするところも激カワよね。

「いいのよ。むしろ毎回よろしく！　と言っておくわ」

トラジは次々と唄いながら鍋を仕上げていきます。シッポピーンッ！　が目印です。

料理人たちも口々に可愛い……とか言っちゃってます、貴方たちも仲間よ！

「おはようエリーゼ、朝から賑《にぎ》やかね」

お母様が起きたようです、後ろから声がしました。

「おはようございます、お母様」

振り返った私を見たお母様が、一瞬で黒い笑顔の修羅《しゅら》になりました。

「エリーゼ、湯浴《ゆあ》みもしてないのになぜそんなにサッパリしているのかしら？」

怖い怖い怖い！　マジで怖いです！　お母様!!　食い込んでる！　食い込んでます！　爪っ！

爪がっ!!

「いっ……痛いです、お母様……説明いたしますから、お母様の馬車にっ！」

パァァァアッとお母様の笑顔が黒から白になりました。殺されるかと思った………

「エリーゼ、失礼なこと思わないでね」

ドキーンッ！　やだっ！　お母様ったら私の心を読めるのかしら？　ドキドキしちゃう！

「あっ！　料理長、鍋よろしく！　任せたわ！」

トラジの足場を元に戻して、タマとトラジを探したら料理人たちの後ろで小躍《こおど》りしてました。

「タマ！　トラジ！　そこでいい子にして待っててね！　……じゃあ、お母様お待たせいたしました」

すごくいい笑顔のお母様と、その後ろにいた侍女トリオと一緒に、お母様の馬車に向かいます。

お母様にクリーンの魔法の伝授です。これでサッパリスッキリ清潔になれるでしょう。

あと、ドライもやらないと……それは私も一緒にお母様の馬車でやっとこ！　ブーツの中、ムレちゃう！　きっとお母様もムレてる！　ムレはキケンですから!!


お母様の馬車の中に拉致《らち》連行されたエリーゼです。突き刺さる視線が痛いです。

「お母様、私の新しい魔法……属性は分かりません。ですが非常に有用な魔法だと考えてます」

お母様は真剣な面持ちで聞いてくれてます。

「エリーゼ、貴女が言うならば確かでしょう」

分かります！　早く知りたいのですよね！　目がキラキラ？　いえ、ギラギラしてます。

「魔法名はクリーン。体の汚れが取れる魔法ですわ」

「クリーン………」

お母様はマジな顔で呟かれました…………目がガチすぎてドキドキします。

「毛足の長い丸い空気の玉が頭の天辺から足先まで、クルクル回転しながら下がる……そう想像してクリーン、と詠唱してください。それでできると思います」

真剣です！　そして今、メッチャ想像してるのがよく分かります！　ブツブツ言ってます！

頑張れ！　お母様!!

「……で…………ん…………クリーン。…………………あっ！　すごいわっ！」

お母様が笑顔全開でお喜びです！　侍女トリオも口々にクリーンと言ってます。

…………そして喜びに包まれる馬車の中…………助かった…………成功して良かった、マジで！

「エリーゼ！　素晴らしいわ！　湯浴《ゆあ》みが難しい旅の間、この魔法で汚れが取れるのは画期的よ！　私たち女性だけでなく、討伐に出かける男性も喜ぶでしょう。この魔法は是非とも広めていきましょう！」

そうだ、ブーツのムレ対策魔法やりたいわ！　コレも大事!!

「ありがとうございます、お母様。申し訳ありません、少し座らせていただいてもいいでしょうか？」

「構わないわよ……？　どうしたの？」

よし！　ＯＫとれた！　ササッと座って、ブーツに人差し指を突っ込む。

「ドライ！　…………よしっ！」

これでよし！　うん、乾燥してサラサラ感アップした！　これ一日持つから助かるのよね！

「エリーゼ……今の何？」

え？　パッと顔を上げて、お母様の顔を見ると興味津々です。うん、お母様たちにも教えておかないと！　だってお母様たちニーハイブーツだもの、大変よね！

「ブーツをずっと履《は》いてると足がムレますでしょう？　ですから指先から水魔法でブーツの中の水分を除くように魔法を発動するのです。そのときにドライと……髪の毛を乾かすのにも使ってますわ。風魔法よりも早く乾くので、助かってますわ」

お母様は無言で私の隣に座ると、ニーハイブーツに人差し指を突っ込み小っさい声で「ドライ」と呟かれました。そして、カッ！　と目を見開き、バッ！　と私を見ました。

どうやら効果は絶大だったようです。

「ちょっと！　エミリもシンシアもソニアも！　これ、すごいわよ！　ブーツの中がサラサラになるわ！」

「本当ですか！」

お母様の叫びにエミリが即座に反応して、立ったままブーツに指を突っ込み「ドライ！」と魔法を発動してます。やはりニーハイブーツの中はムレムレだったんですね……

「これは素晴らしいです！　この魔法も広めましょう！　女性だけでなく男性も喜ぶでしょう！」

シンシアとソニアもドライの魔法を使い、キャッキャとエミリと共にお母様に群《むら》がってます。平和って大事ですね。これを機に我が領に『クリーン』と『ドライ』の魔法が広がることとなりました。

「では、さっそくハインリッヒに教えましょう！　エリーゼは朝食を作りに戻るのよね？」

「はい…………タマとトラジも待たせてますし…………」

お母様が乙女の顔をチラつかせてます。お父様たちに早く魔法を教えたいのですよね。

「では、あちらに行きましょうか。お母様はお父様たちにご用があるからまたあとでね」

「はい、お母様。では、よろしくお願いします」

……今日中に領主隊隊員全員に伝わるな……ま、色々いいことだから良しとしよう。戻ろう……なんかドッと疲れた気がする。お母様の馬車から降りて、コリコリと頭を掻《か》きながらコンロに向かう。

馬車や荷馬車の合間を抜けると、アニスとタマとトラジがキョロキョロとしてます。

「お待たせー！」

そう声をかけると、アニスもタマもトラジもこちらに走って向かってきます。そんなに心配だったのかしら？　まさかね？

「エリーゼ様ぁっ！」

「主っ！」

「主っ！」

アニスがガシィッ！　と抱きつき、タマとトラジはアニスの真似をして私の足にヒシッ！　と抱きつきました。幸せハグですね。

「ほら、朝ごはんの準備しないと。今日も馬車で進んで行くんだから、しっかり食べておかないと！」

そう声をかけると、アニスもタマもトラジも離れ、歩き出した私と一緒にコンロに向かう。

昨日頑張ったからかな？　お腹ペコペコです。久しぶりのお米……ルークはどんな顔するかしら？

朝食の匂いに皆起きてきていた。寄子《よりこ》貴族の面々も遠巻きにウキウキとした顔で待っている。

「いいニオイにゃ！」

「おいしそうなニオイにゃ！」

うん、いい匂い！　野菜とお米の具合を見てから、食べるタイミングを見ればいいかな？

「お嬢、その……奥様は一体…………」

料理長が恐る恐る聞いてきた。

うん！　心配するよね！　黒い笑顔のお母様はなかなか見られないものね！

どうってことなかったし笑顔で返事しとかないとね！

「フフッ大丈夫よ、私の魔法のことで内緒のお話をしただけよ。ほら、女同士の内緒の話みたいなものよ。そんなことより味見はしたかしら？」

あからさまにホッと息を吐いて、料理長は笑みを浮かべる……美味しかったのね。

「しやした。さすがお嬢です、あの米ってのは少し甘みがあっていいですね……ただ、ちょっと硬い感じがしますね」

なるほど、料理長の味見のタイミングでは米にまだ芯が残ってたってことね。

「味見はいつしたの？」

「つい、さっきです」

まだ、もう少し時間が要るかな？　うーん……スープごはんだけだと物足りないかな？　肉……昨日のアレを焼くかな……塩……じゃない方がいいのかな？

「もう少しかかるわね、肉も食べるかしら？　食べるとしたら、味付けは何がいいかしら？」

料理長の顔がパァッとなりました。肉食べたかったんや………

「うーん……味付け、ですか………俺は醤油《しょうゆ》で味付けしたのがいいと思うんすけど、少し辛みが欲しい気もするし………」

料理長よ、それはしょっぱ辛いやつが食べたいってことだよ………醤油《しょうゆ》と唐辛子でパパッと炒《いた》めたヤツで良くね？　……パンの上に乗っけても美味しいかも！　ものは試しよ！

「料理長、醤油《しょうゆ》とあと辛い味付けに最適なものがあるわ。ルークから昨日の肉を出してもらって、薄く切ってちょうだい。私は醤油《しょうゆ》と辛いのを出すわね。辛いのは細かく刻《きざ》まないといけないんだけど、扱いに気を付けないと困ることがあるのよ」

そう！　唐辛子を触った手でウッカリ目なんか擦《こす》ろうもんなら、涙が止まらなくなるのよ！　危険なんだから！　魔法でシュパパッとカットしよう。本当はサラダとか欲しいところだけど、この世界って生野菜はほとんど食べないのよね。我が家では私の飯テロが成功しすぎててパクパク食べてる感あるけど。

さすがに食べ慣れてない人たちに食べろって言うのは、人としていかがなのかしら？

うーん……でもやっぱり少しだけ用意するかな……………キャベツの千切りだけ。

「ルーク？　ルークって帝国の皇子様にですか？　俺が？」

あっ！　うん、そうだわね……忘れてたわ、ルークって皇子様だったわ！

「私がルークに言うから大丈夫よ、ウッカリ忘れていたわ。肉を受け取ったら薄めに切ってね！　……じゃあ、ちょっと呼んでくるわね！」

ウッカリにもほどがあるわ……それにしてもルーク、なんで姿を現さないのかしら？　すでにほとんどの人が起きているみたいなのに。

…………待って！　ルークって昨日の夜、どこで休んだの？　天幕はあったけど、それは隊員のだし……デカイ荷馬車で寝起きした連中もいたみたいだけど、そこに紛《まぎ》れていたとは思えないし…………キャスバルお兄様の馬車にいた……とか？　探しに行こうと思っても心当たりがないと探しようがないわ。

私は立ち止まったまま、どうするか困っていた。

「ルーク、どこにいるかしら？　マップじゃあ、個別に認識できないのよね」

〈個別認識はレベルが足りないので、表示などできません〉

おーぅ！　ナビが答えてくれました、レベルが足りないかぁ……そうだよねぇ……どうするかな？　困ったな……

「エリーゼ！」

うん？　私を呼ぶのは……？　件《くだん》のルークでしたぁ！　助かったぁ！　……振り返って見たルークは、やたらとキラキラしてました……何が起きた!?

「おはよう、エリーゼ。クリーンの魔法はエリーゼ発だって聞いた。おかげでサッパリしたしノエルも綺麗になったよ。ありがとう」

……クリーンのせいか。ノエルが綺麗になったのはいいことだけど、なんでイケメンって無駄にキラキラしてるかなぁ？　何か発光する魔法でもあるのかしら？

「いえ、どういたしまして。それよりも昨日の肉をさっそく使おうと思って。持ってきてる？」

うん、ちゃっちゃとやってしまおう。

「あぁ……持ってきている、いいのか？」

なんで微妙な顔すんのよ……兎《と》に角《かく》、早めに消化したいのよ！　人が多いうちにっ！

「……いい……としか言えない。今なら人数も多いし早くなくなるでしょ？　料理長に渡してくれる？　薄切りにしてもらうから」

「分かった」

ルークは料理長のそばに行き、腰につけている小さいウエストポーチからヒョイッと肉を出しました…………シュール!!　なんかマジックっぽいです。ポーチから出るときにモモモッと大きくなるんですもの笑っちゃった。

受け取った料理長がコンロにまな板を置いて、シュッシュッと切ってます。

じゃ、小っさい鍋を出して……その中に唐辛子を十本出してっと……蓋《ふた》してから風魔法でみじん切りにしよう。

…………よぅし！　できた気がする！　パカッと開けて確認、はい！　できてました〜で、これに醤油《しょうゆ》を足して……普通の醤油《しょうゆ》でいいな、醤油《しょうゆ》の瓶《びん》をコソッと出しておいて……コンロの前にしゃがみ浅い鍋を出す。我が家で愛用している炒《いた》め物用の鍋だ！

脂《あぶら》は必要ないな！　牙猪の脂身《あぶらみ》がいい感じで溶けるでしょ！　浅い鍋を持って立ち上がり、コンロの空いている場所にガコンッと置く。鉄鍋だから重さがあるのだよ！

料理長がこっちを見てニヤッと笑います。

「さっそく炒《いた》めるか……味付けはその小鍋の中のを使うんですかい？」

「そうよ。醤油《しょうゆ》と……辛いのは唐辛子。あまり使いすぎると辛くなりすぎるから気をつけて」

かなり切ったわね……でも、あっという間になくなりそう……

「醤油《しょうゆ》と唐辛子か……美味しそうだな。こっちのスープも食欲がそそられるな」

「ホントだにゃ！　いいニオイにゃ！」

フフッ、それだけじゃないんだから！

「朝ごはんはトラジにも、手伝わせたのよ。お鍋をかき混ぜる姿とか、スッゴく可愛かったんだから！」

ルークの目がカッ！　と開き、鍋を凝視《ぎょうし》してチラッとノエルを見ます。想像してるのかしら？

「すばらしい……」

小さな呟きだけど、聞こえたわ。ルークが私を見てニカッと笑うとサムズアップしてきました。

私は笑顔でピースです。

あ～肉がジュウジュウ焼けてきてる～ボアの肉よりいい匂い…………今、後ろからクギュとか音が聞こえました……お父様たちが近づいてきてる、お腹を空かせて。

ジュッ！　と一際大きな音と醤油《しょうゆ》の香ばしい匂いがブワッと広がりました！　ざわめく声があちこちから聞こえます！　ヤバイです！　私も腹ペコです！

「こいつは美味ぇ!!」

味見をした料理長の雄叫びが轟《とどろ》きます！　もう、限界です…………！　もう耐えられん！　味見をするのだ!!

スッとスープごはんの鍋に近づき、お玉をクルクルかき回す。

「タマ、トラジ……どっちでもいいから、スプーンを持ってきてくれる?」

「もってるにゃ！」

トラジがサッと差し出してくれました！

「トラジ、ありがとう！」

よしよし……お米はいい感じに膨らんでる。

お玉に入れた米と野菜をスプーンでチョロッと掬《すく》う。お玉を鍋に戻して、スプーンに息を吹きかけてちょっと冷ます。湯気が少し消えたのを確認して、ハムッと口に入れる……え？　令嬢がはしたない？　そんなの今は気にしないわよ！

……美味しい～！　お米もいい感じになってる！　お粥《かゆ》です！　野菜の甘さと肉の旨みがスープの出汁《だし》と混ざり合ってる…………でも、何か……何か、もう一味…………！　閃《ひらめ》いた！　ショウガ入れてみよう！

二つの鍋だけ……嫌いな人もいるかもしれないし……よし、手のひらにコソッと出して……両手で包んで……鍋の真上でクラッシュ！　パッと手を開いてボトボト落とす。もう一度、お玉をかき回して……スープだけをスプーンに移して味見……ブラボー！

「料理長、鍋は完成よ。少し辛いのと、辛みがないのとがあるから好きな方を食べてもらって。私はこちらの辛い方を食べるわ。そっちは……できてるわね」

隊員が大きなテーブルを用意しており、その上にはたくさんの食器が置いてありました。料理長が炒《いた》めた肉は大皿に移し替えられ、テーブルにどんどん載せられていきます……テーブルの上でパンがザカザカ薄切りにされて籠《かご》に山盛りになってます。もう、腹ペコすぎておかしくなりそう…………

「お嬢！　どうぞ」

手渡された深いスープ皿には、塊肉の小さいものとお米と野菜が盛られて美味しそうです。

さっきのスプーンをずっと握りしめてました……スープ皿を手にしたまま、パンをもらい、炒《いた》めた肉のそばに行く。コトリとスープ皿を置いて、パンの上に炒《いた》めた肉を乗せてパクッとかじる……

「めっちゃ美味ーーーーっ!!」

あら、ヤダ！　思わず雄叫びをあげてしまったわ。私の雄叫びを聞いて、すでに席についていたお母様とお父様たちが嬉しそうに微笑んでます。もちろんルークもいます。

スープ皿を手渡されると、お母様がニコニコしながら私に声をかけます。

「エリーゼ、とても美味しそうだわ。朝食はこれだけかしら？」

っ!!　まさかのデザートの確認が来ました!!　甘味ありきになってるのかしら？　だとしたら、今から作るのは無理だわ……ここは素直に謝ろう。

「ごめんなさい、お母様。甘いものは作っておりませんでした……」

しまったな……お母様はスイーツ女子だから、甘いものは食べたいよね……

「いいのよ。だから、そんな顔しないで……」

お母様がションボリしちゃった……しまったなぁ。

「夜は何か作りますね。さ、早く食べてください。温かいうちが美味しいですよ。お肉を載せたパンも美味しいですよ」

私は食べかけのパンをかじる、うん！　タレがパンに染みて美味しさが増したわ！

「エリーゼッ！　こっ……これっ！　米っ！　なんでっ！」

半泣きなルークが、スプーンにごはんを載せて見つめてきます。

「うん、入手方法は内緒だけど米が手に入ったから。冷めないうちに食べて、今日の反応見てこれから使うかどうか決めるから」

「そうか！　分かった。いただきます」

ガツガツ食べるルークの姿を見て、なんとなく毎日一緒に食事したら楽しそうだな……って思った。さぁ、私も冷め切らないうちにスープを完食しようっと！　口々に美味しいって、あちこちから聞こえて嬉しい。

料理長が大慌てでテーブルに来たかと思ったら、パンに肉を挟んでガフガフと食べる。スープ皿を掴むと、鍋のところに行ってスープごはんを入れてがっついてます。

美味ぇ！　美味ぇ！　って言ってます。

…………お父様がまた鍋の近くに寄って行ってます。おかわりですね……あっ！　料理長が再び肉を炒《いた》め始めました。

「お嬢！　肉が足りやせん！」

「ルーク！　お肉の追加来たわよ！　大忙しね、頑張って！」

ルークはスープを完食すると、スープ皿を私に手渡して料理長のもとへ走って行きました。

「おいしいにゃ！」

「おいしいにゃ！」

「おいしいにゃ！」

タマたち三匹は空になったスープ皿を掲げて、小躍《こおど》りしてます。何かと小躍《こおど》りする三匹を可愛いなぁと思いながら、微笑む。慌ただしいけど、楽しい朝食に気分が晴れる。

「さすが、エリーゼ様です」

「アニスは、両方とも食べたの？」

声がした方に顔を向けると、空になったスープ皿を手に微笑むアニスがいました。

「はい。お肉を挟んだパン、ちょっと辛いのに美味しくてビックリしました」

うん、私もビックリした（笑）

「「「つぎはアレにゃ！」」」

三匹が声を揃えてトテテテッと走って行きました。

「あの子たち、可愛いですね！」

アニスが笑い出すのを我慢しながら呟きます。

「本当にね、でもあの子たちがいて良かったと思ってる」

「はい」

あの三匹はすでに、野営地のアイドルになっている……家族全員に寄子《よりこ》貴族、隊員たちと同道している全員から微笑ましい目で見られている。もちろん使用人や元王都民たちにも。

テイムして良かった、あの子たちのおかげで殺伐《さつばつ》としないですむ。

「エリーゼ、俺、おかわりしてくる！　米サイコー！」

料理長のもとから戻ったルークはそう大声で告げると、コンロに走って行った。お米、喜んでくれたなぁ……


なんやかんやと騒がしい朝食風景に笑ってしまったが、旅はまだまだ続くのだ！

「エリーゼ、この肉を挟んだパンは食べ応えがあって美味いな。この味付け肉のおかげか、三つも食べてしまったよ」

キャスバルお兄様が爽やかな笑顔で話しかけてきました。結構なボリュームなはずだけど、三つも食べたんだ……あれ一個で大きめのハンバーガー一個半くらいあるのに…………？　じゃあ、スープごはんはどれだけ食べたのかしら？

「それにあの角兎のスープ！　あれに入っていたツブツブのやつ！　初めて口にしたが、スープの味を吸って美味しかった！　あれも一杯ずつもらったよ。さすがエリーゼは、美味しい食事を作るのがうまい！　兄として誇り高いよ！」

そんなに気に入りましたか、手放しで褒《ほ》めるくらいお米が気に入りましたか……結構食べてるな、キャスバルお兄様よ。一杯ずつってショウガ入りと入ってないのと両方か……

「褒《ほ》めていただいて光栄です。私も作った甲斐《かい》がありましたわ」

なんて言うか……邸《やしき》にいるときよりもワイルドさが増して、格好いい。

「エリーゼ、昼も食事を頼めるか？」

「もちろんですわ。そのつもりでおりましたわ」

「美味いのももちろんあるが、隊員たちが……その、立ち歩きネコが可愛いとか言い出してな……それだけじゃなくて、次の食事まで完全に守れそうな気がする！　とか言ってる奴がいて……テイムしたときのことなどの詳細は今日の夜に聞くが、とにかく昼も頼む」

……効果に気が付いている人がいる。

「畏《かしこ》まりっ！　ですわ、キャスバルお兄様」

ハハッと笑い手を振って、お兄様はどこかに行ってしまいました……さて、そろそろ出発準備をしなければならない頃合でしょう。

「エリーゼ、元気が出そうな朝食をありがとう」

あら、今度はトールお兄様だわ。

「いいえ、気に入っていただけましたか？」

トールお兄様はちょっとだけ、困った顔で笑ってます。なんででしょう？

「わ……たしも気に入ったけど、フレイがものすごく気に入ったみたいで……その、結構食べたな。食べすぎたくらいだよ、だから昼まで馬車じゃなくて馬に乗って行こうかと思って」

わ……たし？　もう、俺って言ってもいいのに……

「トールお兄様、言いにくいのでしたら俺って言ってもよろしいのですよ？　騎乗なさるのですか。私も……と言いたいところですが、諦めますわ。昼食も私が作るのを手伝いますから、楽しみにしていてくださいね」

私の言葉を聞いて、トールお兄様はとても嬉しそうに笑った。

「助かる！　昼飯が楽しみだな！　またあとでな！」

トールお兄様もチャッと手を振って、パンをかじってるフレイを引っ張って歩いて行ってしまいました。なぜか、そのそばで小躍《こおど》りしている三匹がいて笑ってしまったのだけど（笑）

タマと目が合いました。ん？　どうした？　三匹がウニャウニャしてます。

「「「おいしかったにゃー！」」」

三匹揃ってバンザイしながら走ってきました。しゃがんで待ち構えると次々と飛び込んで来ます。柔らかい体とお日様の匂いがする三匹を受け止める。ルークがスープごはんを食べ終わって、こちらに近寄ってきた。三匹を離して立ち上がる。

「ノエル、お腹いっぱい食べたか？」

「主！　たべたにゃ！　おいしかったにゃ！」

微笑ましいです、可愛いです。

「良かったな。エリーゼ、今度は普通のごはんが食べたい……無理じゃなければ」

分かる！　分かるよ！　でも、私……鍋で炊いたことないのよね……炊飯器とかまどしかないけど、かまど炊きに近い感じで鍋で炊けばいいのかな？

「そうね、お昼も料理長と一緒に作るからトライしてみるわ。そろそろ私、馬車に戻るわね」

「ありがとう、楽しみにしてる。じゃあ、またあとでな。ノエル、行くぞ」

ルークはノエルと一緒に歩いて行ってしまいました。さ、私たちも行こうか……

「タマ、トラジ、私たちも行こっか？　アニス、もう大丈夫なのよね？」

「はい、馬車の座席は元に戻したので、普通に座って行けます」

アニスと並んで歩く。私の片手にタマが、アニスの片手にトラジが……手と前足を繋《つな》いで馬車に向かう。

……馬車の中で抱っこしたりして過ごそう。きっとアニスも楽しんでくれるに違いない。

しかし、馬車に向かって歩いていた途中で、ちょっとお父様に捕まってしまいました。

「エリーゼ、あのコンロだが残しておいていいかな？」

ぶっ壊すの忘れてました。失敗です！　ですが、お父様が残してほしいとか言ってます。

「邪魔ではありませんか？　それに魔物が出たら壊れてしまうでしょう？」

残す意味が、今いち分かりません。なぜでしょう？

お父様は顎に手を当てて考えてますが、早く答えてくださいい。あちこちからバタバタと片付けたり、馬を馬車に繋《つな》いだりする音が聞こえてます。

「あれほどのものならば、もしまたここで野営する機会があったときに使いたい。コンロの周りに魔物除けを打ち込んでおけば、おいそれとは魔物も近づかないだろう」

なるほど、お父様の言いたいことは分かった。いつになるか分からないけど、また使いたいのね。あと、誰が使ってもいいようにってことなのね。

「構いませんわ。シュバルツバルトの者じゃなくても、使えれば助かるでしょうし、野営地にしやすいでしょう。では、私たちは馬車に行きます」

「あぁ、助かる。あ、それとエリーゼ、クリーンとドライの魔法をありがとう。あれで討伐に出た際に、隊員たちが楽になる」

「…………お父様、あの魔法は健やかに過ごすためには必要な魔法です。是非とも皆様に広めてください。では、また後ほど」

クリーンで清潔に！　ドライで足の裏をムレから守るのよ！　…………痒《かゆ》くて臭いのはゴメンよ!!　例え、お父様やお兄様たちでもね！

「あぁ、あとでな！」

さっ！　早く馬車に行こうっと！

馬車でーす！　馭者《ぎょしゃ》がすでに馬を繋《つな》ぎ、いつでも出発できそうです……まだ、行かないけどね。

なので乗り込まずに馬車脇でダベってます。

「ねぇ、アニス……端切《はぎ》れと裁縫道具ってあるかしら？」

「え？　ありますよ。布類と裁縫道具は下の道具入れにあります、すぐ出しますね」

キョトンとしてますが、ちゃんと答えてくれます。どんな布があるのか分からないけど、綺麗な色があればいいのだけど。

アニスがトラジと繋《つな》いでいた手を離し、馬車の階段横をパカッと開けました。……下にある何か飾りみたいなのを回して飾り板を上に動かしたかな？　と思ったら、引き出しがありました。ズルンッと引くと中に様々な布と大きな裁縫箱が入ってました。

「随分あるのね……この中で武装に使えるものはあるのかしら？」

「武装にですか？　ありますよ……これとか、この辺りがそうですね。あと、こちらの薄い革もそうです」

原色に近い色鮮やかな布や、茶色や黒い革が数枚あるようだ。薄い革って言ってた通り、確かに薄いけど、長さは一メートル以上はあるな……なんの革か聞くのはよそう。

赤と青があるから、これと革を組み合わせて……あと、もう一色いるな……紫がある……タマに紫、トラジが青、ノエルに赤の裏地をつけたベストを作ろう。あと、バンダナ風の首輪な。裁縫箱にボタンも入ってるし、頑張れば何日かで完成するでしょ。

「アニス、この革と赤・青・紫の布と裁縫箱を中に入れてちょうだい。久しぶりに裁縫をするわ」

「はい。……でも、なんでいきなり裁縫なんですか？」

アニスは引き出しから布やら革やら引っ張り出しながら、聞いてきた。

「タマやトラジにベストを作ろうと思って、もちろんノエルにもよ。暇潰しには持ってこいじゃない？」

両手いっぱいに荷物を抱えたアニスが、パアァァァァアと顔を輝かせて私を見る。そして、コクコクと頷き「さすがです！」と小さく叫び声をあげました。

「待って！　扉を開けるから」

カチャッと開けて、アニスが入るのを見守ります。かなりの量なのでちょっと不安ですが、サッと入り荷物をドサドサと置く音が聞こえました。

アニスはバッと飛び降り、引き出しを元に戻しカチャカチャと蓋《ふた》を元通りにしていきます。

ぱっと見、道具が入ってるように見えないのがすごい。カタカタと手で閉まったか確認すると、いい笑顔で私を見ます……褒《ほ》めろってことですね。

「ありがとう、アニス。さすがね、手際がいいわ。さ、乗り込みましょう……タマとトラジも乗ってちょうだい」

「はいっ！　ですが、エリーゼ様が一番に乗ってください。私は最後に乗ります」

無言で頷き、馬車に乗り込んだ。対面席が布で埋まって座れない……アニスは横に来て、一緒に裁縫するのかな？　それならそれで楽しそう！　タマとトラジと並んで座っても余裕だし、いいかも！


「のったにゃ！」

「のったにゃ！」

「お待たせいたしました」

アニスは乗り込むとカチャンと中から鍵をかけて、裁縫箱を手にして私の隣に来ます。

「頑張りましょうね、エリーゼ様」

……頑張ろう……アニスは背もたれを外して後ろを開放しました。

「タマ、トラジ……座席の上にいらっしゃい、座ってもいいし丸くなってもいいわよ」

ニャッ！　ニャッ！　と言いながら、二匹は席の後ろ側の両端にピョンと飛び乗ると丸くなり……寝ちゃいました。お腹いっぱいだと、寝ちゃうわね。

ルークは鞍《くら》の前側にノエルを乗せて定位置に付き、エリックたちも定位置に付いたようです。

あとは出発するだけの状態になりました。馬車が動かないうちに布を裁断します。

細かいサイズは測りません。ベストは止めて法被《はっぴ》を作ります、ただし袖なしです。表地を革、裏地を色布にして襟《えり》に色布が出るように縫えばいいかな？　と思ってます。あとは色布で首輪代わりのバンダナ風のものを作るために、四角い形に裁断します。隣でアニスがまち針を打ってくれてます、さすが手が早い。それから革と色布をベルト的な幅広の腰ヒモ用に裁断して、ぽいぽいとアニスに渡すと、ちゃちゃっとまち針を打って置いてくれます。

「も……たべれな……い……にゃ……」

「おなか……い……ぱい……にゃ……」

右端のタマと左端のトラジが同じタイミングで寝言を言ってます。アニスと顔を合わせて声を出さずに笑ってしまいました。

余った色布や革を対面席に置いて、アニスと隣り合って座る。私の左側に座るアニスの斜め後ろのトラジはモゾモゾと体を動かし、アニスの下半身にピッタリくっついて寝てます。裁縫箱と縫製待ちのものを挟んで右側に座る私の下半身にも、タマがピッタリくっついて寝てます。

チクチクと縫い始めた頃に周囲の馬車が少しずつ動き出しました。

風魔法で少しだけ体を浮かせて、縫い進めます。これで馬車が動き出してもダイレクトな振動は来ません。ほんの数ミリ浮いただけなのでタマはピクリともしません。

ギッと馬車が軋《きし》む音がしました。窓の外を見ると、わずかですが景色が動いてます。

「やっと動き出しましたね。でもタマちゃんたちの服、どこまで縫えますかね？」

「そうね、できるだけ縫いたいわ。領地に着けば、ちゃんとした武装を作らせるのだけど、今は無理だもの……いつ何時、魔物に遭遇するか分からないし。それに、見ず知らずの者がこの子たちを討伐対象にしたら……私……殴るだけですませる自信がないわ」

アニスはヒョイとタマとトラジを見て、ウンウンと頷く。

「全くです。私もタマちゃんたちを討伐対象にされたら、うっかり暗器で攻撃しちゃうかもです」

あら、やだ！　アニスったら殺《や》る気満々じゃないの、気に入ったのね。

「フフッ……私たち、似てるわよね？」

「ま！　エリーゼ様ったら、私がエリーゼ様に似ちゃったんですよ」

クスクスと笑い合う、でも手は一切止まらない。刺繍でもチラチラ見ながら、手を止めることなく刺しまくれるのだ！　でなかったら貴族女性としては、半人前扱いよ！

二時間も三時間も刺繍しながら、噂話を繰り広げるのよ……そのあと、お茶を楽しみながら噂話をする……貴族女性って大変なんですよ。おばちゃんの井戸端会議とはわけが違うのです。

……チラッと馬車の横を並走するルークを見る。ノエルを前に座らせて乗っているのだけど、チョコンと座ってる姿がぬいぐるみみたいで可愛い……ん？　あれ？　何かしゃべってる？

なんだろう？　何かショールみたいなのを出して……うん？　ノエルを包むのか？　あれ？

ノエルが立って……じゃないや、ルークに抱きついた！　ピョンッて！

ルークは片手でノエルのお尻を支えたかと思ったら、ショールみたいなので下半身を包んで肩かけみたいに結んだ。抱っこ紐みたいな、なんだっけ、スリング？　とかいうやつみたいなのにしてる！　……あ……ノエル……寝た。

キュッてしがみつくみたいにして寝てる、可愛いなぁ……赤ちゃんみたい。

「ノエルちゃんも、寝ちゃったみたいですね。あんな風だと小っちゃい子供みたいですね」

窓の外を体を伸ばして見るアニスは、寝ているノエルを見て優しい笑みを浮かべた。

「そうね、小っちゃい子供みたいね」

軽くて小さな体、少し高い声に無邪気な様子は幼い子供みたい……ルークの様子に、もし子供ができたらあんな風に抱っこするのだろうか？　と思って赤面する。

「気が早いですよ、エリーゼ様」

ニヤニヤ笑うアニスの顔に気が付いて、ちょっとだけ照れる……私が何を想像してたのかバレてたみたいだ。年が近いからバレるのかしら？

「別にいいでしょ、まだ……まだずっと先のことよ」

「そうですね」

私は照れ笑いをして、誤魔化した。アニスは生温かい微笑みを浮かべて、しばらくこちらを見つめていました……


馬車は進むよゴトゴトと～♪　針も進むよチクチクと～♪　昼に休むまでノンストップです！

結構、進んでます！　馬車も裁縫も！　すでに法被《はっぴ》三着完成です！

今、法被《はっぴ》の帯をチクチクしてます！　帯は袋帯にします……幅はそんなに太くないです、ニャンコ用なので。

「このベルトができれば、あとは首に巻くやつだけね……」

「そうですね。……私もそろそろベルト終わります」

会話してますが、手は止まってません！　私もそろそろ終わります。できた先からどんどん縫っていってるので、出来上がるのも早いのです。

内訳？　私が法被《はっぴ》二着、ベルト（帯）一本、アニスが法被《はっぴ》一着とベルト（帯）二本です。

「うにゃ……にゃ…………主？」

あら、タマが起きたみたいだわ。

「タマちゃん、起きちゃいましたか？」

「えぇ……トラジは？」

「ぐっすりです」

小声でやり取りしていても、タマはクシクシと前足で顔を擦《こす》ってます。

グイーンと体を伸ばすと、クッションを背にチョコンと人間みたいにお座りしてます。

「にゃ……主、なにしてるにゃ？」

「タマとトラジとノエルの服を作っていたところよ。……今、出来上がったところ。これから首に巻くのを縫って、お終《しま》いね」

「ふく？　にゃ……？　ボクの？」

タマは拾ったチョッキをチマチマ弄《いじ》ってます……可愛いな〜もぅ…………

私はバンダナをガンガン縫ってます、アニスも縫ってます！　凄《すさ》まじい勢いです！

「ボクの……ふく…………ボクのふく！　主がつくってくれたにゃ？　すごいにゃ！　主にゃ……

主にゃ、ボクにょ……！　うれしいにゃ！　うれしいにゃ！　うれしいにゃ！　にゃ……

にゃぁぁ～ん！　うれしいにゃ～！　主さにゃ～！」

タマ…………大声で泣き出しましたよ。

「うにゃっ！　タマにゃ！　どしたにゃ！」

トラジがタマの泣き声で飛び起きました。

「トラジちゃん、起きちゃいましたね」

「起きるでしょ…………」

タマはニャアニャア泣きっぱなしです。…………うん、終わりっ！

次はっと、アニスがバンダナ二枚目に取りかかってました。負けた……ちょっとだけ悔しい。

「アニス、ありがとう」

「タマちゃんたち、着せてみたらどうですか？」

ナイス！　アニス。うん、着せてみるか！　あー待てよ、一応何色がいいか聞いてみるか。

私の中では、タマは紫色だけどね。

「トラジ、私とアニスで、タマとトラジとノエルの服と首に巻くバンダナを作ってみたのよ。タマ、この三色で何色がいいかな？」

ピタッと泣き止みました、大きな目はウルウルしてますがしっかり法被《はっぴ》を見てます。

「これにゃ……ボク……これがいいにゃ…………」

そう言って前足で指したのは、赤い襟《えり》の茶色の法被《はっぴ》でした。タマは赤色をチョイスしました。

「トラジはこっちの青いのと紫のどっちがいいかな？」

トラジは縞々《しましま》尻尾をウネウネさせたかと思ったら、ピンと立てて青色の法被《はっぴ》を前足でビシィッ！と指しました。

「ボクはこっちにゃ！　このいろがかっこいいにゃ！」

「そっかぁ、格好いいかぁ……トラジは格好いいのが好きなのね。うん、覚えておこう！　じゃ、タマ……着てみよっか？」

ヨイショッとタマを膝の上に乗せる。もちろんタマは進行方向を向かせてます！　差し向かいじゃありません。いつの間にか、拾ったチョッキは脱いでクッションの上に畳んでました。

赤襟《えり》の法被《はっぴ》を後ろから着せ、合わせてから帯を巻きます……ちょっと長かったか？

キュッとリボン縛《しば》りにします。革のおかげか緩みません。

赤いバンダナを首に巻いて、帯締めを締めるように縛《しば》ります。

「はい、タマの着付け終了～！　膝の上だけど、立ってこっち向いてちょうだい」

タマはすっくと立ち上がると、パッとこちらを向きます。うん、変じゃないね。

法被《はっぴ》といっても袖なしだから、前足は動かしやすいだろうし、首に巻いたバンダナもいい感じ♪

「うん、良く似合ってる！　タマ、可愛くなったわよ！」

「ほんとにゃ？　にあってるにゃ？　かわいいにゃ？」

「あら？　本当に可愛くなりましたね。タマちゃん、良く似合ってますよ～」

「ほめられたにゃ！　主！　ありがとにゃ！　うれしいにゃ！」

「じゃあ、次はトラジだからタマはちょっとだけ下りててね」

そう言ってタマをヒョイと隣に置くと、タマの前足が私の武装を掴んでました!?　どうした？

「トラジ、アニスの後ろを通っていらっしゃい」

そう声をかけると、トラジはアニスの後ろをヒョヒョイと通ってきました。

「タマと同じように、私の膝の上においで。それと、タマ……ちょっとだけ離してね」

タマがそっと前足を離して、お祈りするみたいに両前足を合わせて見てます。トラジはパッと乗っかり座ると、目をキラキラさせながら頭をぐいーーーーんと反らして私を見つめてきます。

「トラジ、そんな風に反ってると倒れちゃう。ちゃんと前向いて」

「にゃ！」

チョコンと猫背の小さい背中に法被《はっぴ》を着せていき、帯をリボン縛《しば》りにします。

青いバンダナを首に巻いて、タマと同じように縛《しば》る。

「はい、トラジも出来上がり！　さ、こっち向いて見せて」

私の膝の上でパッと立って、クルンッと振り向きます。

「うん、か……っこいいし、可愛いわ」

「トラジちゃん、格好良くて可愛くなりましたね～」

トラジは私の肩に前足を置くと、お尻と尻尾をフリフリしてます。

「うれしいにゃ！　主……うれ……うれしいにゃーっ！　にゃあーーーっっ！」

トラジも泣きました。助けてもらおうとアニスを見たら、ノエルの法被《はっぴ》と帯とバンダナを綺麗に畳んでました。ニコニコしながら……

これは助けてもらえないパターンです。うん？　タマが立ち上がって、私の肩を掴んでます。

「主………うれしいにゃぁぁ～ん！」

しばらく二匹の嬉し泣きが続きました。アニスは裁縫箱やら何やらを対面席に置くと、隣にピッタリくっついてもたれかかってきました。なんだか、心がほんわかしてきました。ノエルも喜んでくれるかしら？

泣き疲れたタマとトラジはそのまま眠ってしまった。

集中して縫っていたこともあって、私とアニスもくっついて居眠ってました。ぽっかぽかで気持ち良かったです。

――コンコンコン。

ん？　なんの音……

――コンコンコンコン。

何かが叩かれてる音。……はっ！　誰かが馬車の扉を叩いてるわ！

「アニス、アニスちょっと起きて！」

「ん……え？　エリーゼ様……どうし……」

——コンコンコンコンコン。

「はい！　お待ちになって！　……アニス！」

「はいっ！」

アニスは慌てて起きて窓に向かう。カチカチと窓が開けられる中、いつの間にか馬車が停まっていることに気付く。

「お待たせしました、なんでしょう？」

「昼になりましたので、休憩することになりました。今から馬車の移動指示を行いますので少々お待ちください」

領主隊隊員の方が昼休憩の場所に着いたことを教えてくれました。

「分かりました」

アニスは淡々と答えてます。いつもの愛想がないことから、まだ本調子じゃないようです。カチンと窓を閉めると、大きく息を吐いて外を見てます。

窓の外には、膝丈くらいの草がまばらに生えている平地が広がっていました。遠くに山が見えます。集落はなさそう、街道沿いに何もないこととかあるのかしら？

「この辺り、何もないのかしら？　寝ていたから、分からないわ……」

思わず呟くと、アニスも振り返ってコクコクと頷きワタワタと隣に座り込む。

「どうしましょう？　誰かに聞く方がいいでしょうか？」

不安がるアニスを見つめる振りしてマップを見ても、集落はなさそうだった。

――コンコン。

おや？　誰か来たようだ…………

「私です、エリックです」

犬でした！　間違った！　えーと、ふんどしたい隊長、私の専属護衛のエリックです。何用でしょう？　いやぁね。

「アニス、ちょっとお願い」

アニスは実に嫌そうに再度窓の近くに行きます。窓を開けると少し体をずらし、窓の外を見えやすくしました……別に見たいわけではないのだけど。

「エリーゼ様、この辺りは街道利用者が良く休憩する場所らしいです。もっとも休憩する場所は後続のために通り過ぎましたが、比較的魔物の出ない地域だそうです」

おーう！　聞きたいことを言ってくれまーしたー。後続って言うと、ジークフリート殿下率いる討伐隊のことか……なんで、同じルートなのか……いや、何かあるのだろうけど知りたくないし聞きたくない。

「そう、教えてくれてありがとう」

エリックが下がったのを確認して、アニスに窓を閉めるようハンドサインを送る。アニスも無言で頷き窓を閉める。

待ちます……とにかく待ちます……ゆるゆる動いて、野営地のように馬車が停められました。

よし！　お昼ごはん作ろう！　パンを山盛り出して、ルークの持ってる肉をガンガン薄切りにしてもらって！　タレは私が中くらいの大きさの鍋に調合してけばいいかな？　バーベキューより焼肉だ！　いちいち串になんか刺せない！　焼いた先から皿に載せてテーブルに持って行かせればいいでしょ！

昼間だから、ワインより水とかかな？　何かハーブをちょっと交ぜて風味をつければ飲みやすいし、氷を少し浮かべて冷やしてもいい！　うん、決まり！　昼ごはんは焼肉！　野菜も少し焼いて食べよう。ガッツリ食べて、ガッツリ移動よ！

「あっ！　停まりましたよ！」

嬉しそうにアニスが声を出す。おっと馬車の中だもんね……

「降りても良さそうね……降りましょう」

アニス、タマ、トラジと次々と馬車を降りて行きます。

私は手にノエル用の法被《はっぴ》と帯、バンダナを持ってます。このままルークに手渡すために。令嬢らしくないとは思いますが、前世では普通の田舎のおばちゃんでしたから気にしてません。たぶんルークも分かってくれるはず。

……令嬢の自分と庶民の自分を便利使いしてます。別にいいかな？　って思ってます。

「エリーゼ、いいかな？」

なんとルークの方から来ました。チラッとアニスを見たらニヤニヤしてます……何か良からぬことを想像してるのでしょうか？

「にゃ……にゃあぁぁぁぁぁんっっ！　にゃあぁぁぁぁぁんっっ！」

「えっ!?　何っ？　………ノ……エル？　何、どうしたの？」

なんで泣いてるのよっ！　立ったままボロボロ涙をこぼすノエルを見て、胸が苦しくなる。

「エリーゼ、タマとトラジが服を着てるだろ……それでノエルが……」

ルークが苦々しげに呟きます。私は慌ててノエルのそばに走り寄り、しゃがんでギュッと抱き締める。

「にゃあぁぁぁぁん！　う……にゃっ？　にゃあぁぁぁ……」

「ノエル……ノエルのもあるのよ。泣かないで、色違い。ほら、ね？　ノエルも着てちょうだい」

ノエルはピタッと泣き止み、涙でくしゃくしゃな顔で私を見上げ、小さく「ホントにゃ？」と聞いてきます。潤《うる》んだ瞳に、胸がぎゅっと引き絞《しぼ》られる。

「本当よ、今から行くところだったのよ。さ、着てちょうだい」

小さな体から離れ、ノエルに法被《はっぴ》を着せて帯を締める。バンダナもキュッと縛《しば》り、形を整える。

ソロソロとノエルに近づいてきていたタマとトラジがノエルの両脇に立って、音の鳴らない拍手をしてます。

「にあうにゃ！」

「おそろいだにゃ！」

「うれしいにゃ！　おそろいにゃ！　いっしょだにゃ！　いっしょだにゃあ！」

三匹はそのまま前足を繋《つな》ぎ、輪になって踊り出しました。ホッと一息つき、三匹の可愛い輪になって踊ろう！　を見てました。

「エリーゼ、ありがとう。タマとトラジを見たノエルのショックがすごくて、どうしようか困ってたんだ」

立ち上がって、パンパンと埃《ほこり》を払う。ルークの方に近寄り、小声で説教です。

「同じところに住んでた子たちなのよ、仲間はずれみたいなことしたら可哀想でしょ！　ノエルの分も作るに決まってるじゃない！　家族みたいな子たちだもの、色違いで良かったと思ってるわ」

困り顔でポリポリと顎を掻《か》いて、「ありがとう、助かった」と呟いたルークの肩をポンッと叩いた。私、そんなに冷たく見えるかしら？

「お昼ごはんはルークの持ってる肉で焼肉にするから、一緒に来てちょうだい」

「分かった」

駅者《ぎょしゃ》がクワイを引っ張って、隊員たちの馬がいる方に歩いて行ったのを見送り、中央に向かって歩き出す。アニスの軽い足音とニャッニャッという鳴き声が、後ろから聞こえる。

さぁ！　お昼ごはん（の準備）だ！

今回もコンロを作るよ！　今度は大きいヤツを二台作ろうと思う、長方形のヤツを二台！

広さもそれなりに取ってくれてるだろうし、人数と焼く時間や量を考えたら一台では足りないと思うんだよね！

中央のあいた場所にすでに隊員たちがいて、簡易の魔物除けの杭《くい》を何ヶ所か打ち込むためにワラワラしてます。最早、残す前提でやってます！　もちろん、文句はありません。だって、ここ塩街道で塩の輸送路ですよ。ウチも隣領のウナスも使う街道です、まぁ……王都からの商人も使うだろうけど。

さて、作るか……隊員たちの人垣で邪魔されないうちにちゃちゃっと作ります。

ズモモモモ…………

ズモモモモ…………

はい！　二台できました〜！　昨日作ったヤツより長いです、焚《た》き口は中側にしました。

あとは薪《たきぎ》だけど、昨日伐採した枝はまだ残ってる……けど幹の部分でも細いのとか要らんな……

「ナビさんや、伐採した幹の細い部分を切って出すことはできるかね？　私のブーツより細いのは切ってほしい」

〈可能です。無限収納内で切ることもできます〉

「じゃあ長さ三十センチで切ってくれる？」

〈了解しました〉

よし！　じゃあ枝を……焚《た》き口の中いっぱいに出して「ドライ」と呟く。あとは火をつけるだけにして。もう一個のコンロも枝を詰めて再度「ドライ」の魔法を施《ほどこ》す。……これでよし。

ルークは料理長に捕まって、近くに置かれたテーブルに肉を山盛り出してます。料理長と料理人がガンガン切ってます！　朝使った鍋をキレイにして、そこに切った肉を放り込んでます。

〈木材の切断が終わりました〉

「ありがとう」

無限収納から細く切った木材を取り出し、コンロの近くにドサッと置く。念のため「ドライ」の魔法をかけておいた。これで薪《たきぎ》は大丈夫でしょ。

次は焼肉のタレかな……肉を切りまくる料理長と料理人の近くに行き、無限収納から大きな鍋を一つ出す。鍋だらけのところで出したから、出したと分かりづらいだろう。大鍋に両手を突っ込みニンニク・ショウガ・リンゴ・ネギを出しては粉砕、出しては粉砕を繰り返した。

ここに蜂蜜《はちみつ》を追加し、最後に醤油《しょうゆ》をドボドボ追加。ちょいちょい味見をして味の微調整をする。

ちょろちょろと調味料を足して……

「うん！　まだまだだけど、ひとまず出来上がり！　で………トラジー！　こっちおいでー！」

「よばれたにゃー！」

トタタタタとバンザイスタイルでトラジが走ってやってきました。大鍋にお玉を入れておく。

「トラジ、このお鍋をかき回してほしいのよ。できるかしら？」

トラジは前足で胸をポムッと叩くと、

「できるにゃ！　まかせるにゃ！」

そう力強く答えてくれました。トラジも可愛いなぁ……

ヒョイとトラジを抱き上げ大鍋のお玉に手が届くようにすると、歌いながらお玉をかき回す。

「ニャオーン♪」

リズミカルに歌い続けるトラジ。微笑ましくその様子を眺めていると、近くから大声があがった。

「可愛いーー！」

え？　今、おんなじタイミングで……声のした方を見たらルークでした、そりゃそうですね！

言っちゃいますよね！　困り顔で笑うルークを見て、思わずアニスと顔を見合わせて二人してクスクス笑い合った。

「タレ完成っと」

焼き肉のタレらしい匂いが漂ってくる。切られた肉が大鍋いっぱいになってるところに、タレをぶっかけていくと更に焼き肉感が増してお腹が空いてきちゃう。

「料理長、このタレがついた肉を向こうで焼いてちょうだい」

「了解でさぁ！　よっ！」

大鍋を抱えて、料理長がテーブルの方に行きました。コンロを見たルークが走っていき、サッとしゃがむとボッと火がつきました。ありがとう！　着火マン！

「肉だけだと良くないから、野菜も切っておく？」

「はいっ！」

ゴロゴロとタマネギとサツマイモを出す。焼いたサツマイモも美味しいよね！

「タマネギは分かると思うけど、こっちのサツマイモも輪切りにしておいてくれる？　肉を切った
あとはキレイキレイしておいてね」

「はいっ！　エリーゼ様！」

あとは籠《かご》を出して、中にパンを盛っておくか。これで、たぶん大丈夫かな？　…………やば……

肉の焼ける匂いがヤバイ！　タレの匂いがものすごいクル！

クギュウウウウウウ！

来たよ！　食欲魔神降臨ですヨ！

「エリーゼェ！　この匂いはなんだっ!!」

「焼肉のタレが焼けた匂いです。早く向こうに行って食べたらいいと思います」

はよ、行け！　お父様よ！　そして、たらふく食べてください。

あっ！　コンロを見たら一方のコンロに料理長、もう一方ではルークが焼いてます（笑）

隊員たちがワラワラと集まってます！　じゃんじゃん焼いてるのが分かります！　お腹空く〜！

クイクイと武装の裾が引っ張られました、うん？

「おなかすくにゃ！」

「ペコペコにゃ！」

「たべたいにゃ……」

ニャンコたちが腹ペコアピールしてきました、可愛いのでお肉をもらってきましょうか。

……人だかりもできてきて危ないし、これはアレだ！　今こそ使うべき人物を呼ぼう！

「エリーック！」

とりあえず呼びます。

「エリーゼ様、いかがなさいました？」

エリック、どこからともなく現れました（笑）

お皿を差し出し……

「向こうに行って、焼けた肉を持ってきてちょうだい。私だけでなく、この子たちも食べるから四人分もらってきてね」

ニッコリ笑顔で命令です……エリックがお皿を受け取るとき、さりげなく足を踏んでおきます。

「あっ……ありがとうございます。持ってまいります」

めちゃくちゃいい笑顔で肉をもらいに行きました。どんだけMなの……エリック……まっいいか！　貴族も庶民もコンロに注視していて、こっちは見てないようだ……よし！　大鍋をもいっちょ出して、リンゴを一個取り出す。大鍋の中で魔法でスライスした。

「真水」

そうたった一言呟くだけで、大鍋いっぱいに水がなみなみと入る。

「お待たせいたしました！」

皿に大盛りの肉が載ってました。お皿を受け取るとき、グッとエリックの足先を踏みにじります……恍惚《こうこつ》とした顔です……ドMの変態はどうしようもないですね！

「ありがとう、助かるわ。さぁ、タマ・トラジ・ノエル食べましょうか。……エリックも向こうで食べておきなさい」

「はいっ！」

フウフウと息を吹きかけて少し冷ます。冷めた肉を三匹それぞれに渡すと、それぞれがハグハグと食べる。私もポイッと肉を口に放り込む……

「美味し～い！　タレ作って正解！」

あっ！　ニャンコにニンニクとネギ！　ヤバイ！

〈大丈夫です。立ち歩きネコは精霊なのでなんでも食べれます〉

そうなのね、良かった。

「おいしいにゃ！」

「すごいにゃ！」

「おなかいっぱいたべたいにゃ！」

「本当、美味しいわね！　たくさん食べましょうね！」

うん、本当に美味しい！　皆、焼肉食べて幸せそう。……お父様もお兄様たちもほぼコンロに張り付いて食べてるけど、見なかったことにしよう。そうしよう。ばっくばく食べてます！　人食い牙猪ですが、美味しさの前では最早関係ありません！

よくよく考えれば、前世でも人食いだったかもしれない生物を食べてるし、気にしたら負けだと思う！　コンロ付近は戦場です（笑）

おや？　すごい勢いで料理長とルークが働いています。

「若ぁ！　肉をお願いします！」

「おうっ！」

なぜか男同士の絆が生まれたようです……なんでルークが『若』なのか……

料理長は先に切られた肉だけが入った大鍋にタレをぶっかけて、コンロへ持って行きました。ルークはルークで、部位分けされた肉の塊をテーブルにキレイに山盛りにします。料理長がまた駆け戻ってきて、デカイ肉切り包丁をギラつかせてます！　ヤダァ！　ちょっとカッコイイ！

「オラオラオラァ！」

料理長が肉相手に無双してます。もはや乙女ゲームじゃないじゃん。

「フゥ……やっと食べられる。…………んまぁ！　マジで焼肉のタレじゃん！」

ルークがいつの間にか、焼肉山盛りいっぱいのお皿を手にしてました。あっ！　ノエルが走って行った！

「主！　やっときたにゃ！　にくおいしいにゃ！」

ルークの周りを小躍《こおど》りしながらクルクル回るノエルは、めちゃくちゃ可愛いです！

「おっ！　ノエルは食ったのか？　ほら」

そんなことを言って、ルークがヒョイと肉をノエルに差し出すと、ノエルはピョンッと跳ねてパクッと肉を食べる。やだ、可愛〜い!!

「おいしいにゃ！　主！　おいしいにゃ！」

やっばー！　何あの主従ペア！　可愛すぎて胸熱だわよ！

「主……ボクもたべたいにゃ……」

「ボクもたべたいにゃ……」

しまった！　ノエルを見ていて、ウチの子たち放置しちゃった！

「ゴメン、ゴメン！　ほら！」

タマとトラジに順に肉を差し出す。ハムハムと私を見上げながら食べる姿には胸キュンですよ！

さて、私も負けずに食べないと！　タマ・トラジ・私の順でどんどん肉を食べていく。

「ちょっと、水……」

大鍋に張った真水を、手近なところにあるカップにお玉で注ぐ。ゴクゴクと流し込む……うん、リンゴの風味がちょっとあっていい。レモンだと一番……レモン？　レモン!!　八丈島で果樹解放したのになんにも植えてない!! 忘れてた!!

「ナビさん！ 八丈島の果樹って植えてないよね！ 何が植えられるの？」

〈はい、植えていません。植えられる果樹はリンゴ・レモン・ミカンです〉

「なるほど！ 何本植えられるの？」

〈三本です。いかがいたしますか？〉

「ナビさんが植えてくれるの？ なら、レモン二本とミカン一本！」

〈……植樹しました。畑の方も指示されましたら、私の方である程度行えます〉

「じゃあ今植わってるのを収穫したら、えーと……トマト・アスパラ・ナスを十ずつ植えてくれる？」

〈かしこまりました。レモンとミカンは三回収穫できます。自動で無限収納に送りますか？〉

「そうね、送ってちょうだい」

〈かしこまりました〉

よし！ これで酸っぱいのを入手できる！ トマトとナスも今まで見たことなかったから、本当に嬉しい！ 食の幅広がるぞ～！

……あとは鰹節《かつおぶし》を初めとする海産物系の出汁《だし》になるやつだな。

「エリーゼ様、どうぞ」

エリックが肉山盛り皿を出してきました、スンゴイ笑顔で……うん、踏まれたいんだね。無言でお皿を受け取りエリックの爪先をグリグリと踏みにじっておきました。

……ゾクッ……なんだ？　どこから……？　突き刺さりそうな視線、どいつだ？　視線のもとを探ると、ふんどしたいの面々でした。エリックが羨《うらや》ましいんだね。変態どもめ。

「ホホホ……エリック！　食事がすんで馬車に戻るとき、馬車の前に全員整列。いいわね」

「はいっ！」

ビシッと姿勢を正し返事をすると、エリックはふんどしたいのもとに行きました。

……無言でバンザイする連中……うん、あいつらあとで鞭《むち》で一発ずつ打つ。仕方ない、ご褒美《ほうび》が欲しくて我慢してるだろうからな。ちょっぴり遠い目になりました。

「エリーゼェ！　何、この甘いの！」

お母様が小走りでやってきました。フォークにブッ刺さってるのはサツマイモでした。なんで、お皿に山盛りいっぱい載せてるんでしょう？

「ほら、エリーゼ！」

「はい？　っ……ぐ……」

口にサツマイモ、突っ込まれました！　……このホクホク感……サッパリした甘さ！　ベニアズマですね！

「ねぇ、エリーゼ！　何、これ？」

お母様がクネクネしながら聞いてきました、ヤメロ！　無駄にクネクネするんじゃありません！

寄子《よりこ》貴族のオッサンたちがメッチャ見てる!! 水で詰まりかかった喉《のど》をどうにかする。

「んっ……ぐ……サツマイモという芋です。そのまま焼いて食べても甘くて美味しいので、甘いもの好きな方にはいいでしょう。ですが、皮を一緒に食べないと屁《へ》が出ます」

説明を嬉しそうに聞いていたお母様が、最後の『屁《へ》』のところでピキッと固まりました。

「え？ 皮？ 皮と一緒に食べないとその……淑女にあるまじきことになるというの……？」

「なります。是非とも、その外側の紫色の部分を……ってなんで剥《は》がされてるんですか!?」

なんと、お母様のお皿の上のサツマイモは皮が取り除かれてました。おそらく専属侍女三人組が一生懸命剥《は》がしたのでしょう。……お母様が、ちょっぴり涙目になってます。

うん？ こっち見てるのはシンシアとソニアだけじゃね？ ……犯人はあいつらか……ハンドサインで二人を呼びます。二人してキョトンで首を傾げましたが、早歩きでこちらに来ます。

「いかがいたしましたか？」

「うん、よく聞いてね。お母様のお皿に載っているサツマイモという芋は、紫色した皮と一緒に食べないと屁《へ》が出ます」

この時点で二人は固まりました。ギギギ……と音が聞こえそうな感じでお母様のお皿を凝視《ぎょうし》しました。そうです、皮のないサツマイモを！

「で、ですね。今、お母様が手にしているお皿の上のサツマイモは皮が取り除かれております。あのサツマイモを全て、お母様が食べたら、お母様は淑女としては致命的な『屁《へ》』を馬車の中でしてしまうでしょう。分かりますね」

シンシアとソニアはコクリと頷くと、お母様のもとに行きました。何か三人でコソコソ話し合ってます……三人でサツマイモを黙々と食べてます。三人で何かを分かち合うことにしたようです。

でも芋ばっかり食べたら、喉《のど》詰まると思う。

「こちらに飲み水ありますよー！」

はい、お母様たち気が付きました。三人でそろそろと移動して、水をゴクゴク飲んでます。

イモ↓水↓イモ↓水で黙々と処理してます。

「終わったわぁ！　今度は皮付きよ！」

お母様が高らかに仰《おっしゃ》いました。…………思う存分、サツマイモを食べてください。無論、私はずっと肉を食べてました……タマネギもちょっとだけ食べました。

「エリーゼ、サツマイモ食べるだろ？　もらってくるからノエルを頼む」

そう言って、隣に立つルークがノエルをソッと押して、コンロに行きました。…………なんて言うか、ルークはいい旦那様になりそうだな。

「待たせたか？　ほら、サツマイモ」

ルークがお皿にサツマイモを、ピラミッドのように綺麗に積み重ねて持ってきました。なんで、そんなに持ってきてるんだか……

「なんにゃ？」

「主！　あれはなんにゃ？」

「きになるにゃ！」

うん、君たちも食べる気満々なんだね。気になるのか、ニャンコたちはルークの周りでワチャワチャしている。

「ハハハ……もう少し待ってな。まだ熱いからな」

まるで小さい子のお父さんみたい。あんまりにも微笑ましいものだから、クスクス笑ってしまう。

私が笑ってるものだから、つられてルークも笑ってる。そんな私たちにつられて三匹も楽しそうにニャッニャッと笑ってる。三匹の笑い声につられて近くにいる人たちも笑い出す。

「幸せだわ」

皆が笑って過ごせる……たぶん、こんな風な時間は少ないだろう。でも、だからこそ幸せを感じる。

「ああ、幸せだな」

力強く頷きながら答えてくれるルーク。ああ……たぶん、私はルークを愛し始めてる。

強くて優しい皇子様。この人と一緒になることを望んでる……

「ね、もう冷めたんじゃない？」

「かな？　どれ」

ルークがヒョイパクとサツマイモを口に放り込む。

「「「ニャッ！」」」

三匹がルークの抜け駆けを抗議するように叫んだ（鳴いたが正解なのかしら？　いえ、叫んだが正解ね！）。

「ハハッ！　冷めたか確かめてみたんだよ、もう大丈夫だよ。ほら」

そう言って三匹に次々とサツマイモを差し出すと、ルークの手に向かってピョンと跳ねてパクッと食べていく三匹。

「やだ！　何、その可愛いパクッは！　けしからん！　もっとやれ！　てか、私のは？」

私のサツマイモ！　食べてないんだから！

「ああ、悪い！　ほら！」

えっ！　なんと私の目の前……ルークの指に摘まれたサツマイモがあります……まさかの『あーん』ですか……リア充の容赦ない攻撃です。

「ありがと……んっ……」

パクッと食べました！　だって食べたかったし！　……あー！　リア充の『あーん』はすごいな！　照れるし！　色々甘いわ!!

「あっ……」

ん？　照れてルークを直視しなかったけど、今何か話しかけた？

ルークの顔を見たら真っ赤になってました。え？　なんで？

「「もっとほしいにゃ！」」

三匹が気まずい雰囲気を、ぶち壊してくれました！　ありがとう！

「ほら、あげてちょうだい」

「あっ……ああ……」

ねぇ、そんなに顔を赤くしたら、もしかしたら好かれてるのって勘違いしちゃう。

私、ルークのことずっと一緒にいたいって思ってるんだよ。まだ出会って数日なのに、こんなに気持ちが貴方に傾いてる。

「ほら、エリーゼの番」

甘い蕩《とろ》けそうな笑顔で見つめられたら、困っちゃうよ……

「うっ……うん……」

また差し出されたサツマイモをパクッと口に入れる……視線が外せなくって、見つめ合ったまま食べさせてもらって……スイと顎を上げられる。

「うん、美味しそうだな。エリーゼ、俺にも食べさせて。俺はニャンコたちに食べさせてるからさ」

そんな言い方されたら逆らえないじゃない。

スルッとルークの指が顎から喉《のど》まで滑って、ゾクッとする。きっと私の顔も真っ赤だ……

ルークの手に載っている皿から、サツマイモの輪切りを一つ手に取り、彼の口元に差し出す。

ルークはハムッと口に咥《くわ》えると、ニヤッと笑ってそのまま口の中に全部収めてしまう。それからボンヤリ見ていて下げ忘れた私の指先に、チュッと口づけをした！

「なっ！　なっ！　なんでっ！」

「そんな可愛い顔して、差し出されたらしちゃうでしょ。俺、エリーゼのこと好きなんだから」

「えっ！」

「あっ！」

サラッと言われてビックリしたら、サラッと言った本人も驚いてました。

「その……本当は昨日の夜、言うつもりだった。本気だから」

決め顔で言われました。でも、ルークの片手はずっと三匹に順番に『あーん』してます。このチグハグ感……きっと私たち、お似合いな気がする。

「良かった。ありがとうルーク、私も……だから」

私たちは両思いだって信じていいのかな？　見つめ合う視線はどこまでも真剣で、甘くて熱かった。自分の気持ちを疑うことなんかできない。だって私の胸は今、貴方でいっぱいなんだから。

再度サツマイモを差し出され、軽く食《は》む。そっと頬を撫でられ、その指先の心地良さに驚き、心が温まる。

再度ルークの口元にサツマイモを差し出すと、指先ごと食《は》まれて「ひゃっ」と小さな悲鳴が出てしまう。慌てて指先を引いて、ルークを見たら、悪戯《いたずら》っ子みたいな笑顔で咀嚼《そしゃく》していた。

――ゴンッ！

キャスバルお兄様がいつの間にかルークの後ろに立って、ルークの頭に拳骨《げんこつ》を落としました。

「やりすぎだ」

キャスバルお兄様ありがとう！　エリーゼは、あと少しで恥ずか死ぬところでした。


甘々なサツマイモタイムはそろそろ終了のようです。

「エリーゼ、このサツマイモだが……」

キャスバルお兄様がちょっと真剣な顔です。気になるんですね。

「これは本来暖かい地域でないと栽培できません。……ルキ山は火山ですので、あの辺りなら栽培できると思います」

うん、甘くて美味しかったものね。できれば栽培して領民にも味わってもらいたい。

「このサツマイモでしたら、栽培は比較的容易ですわ。しかもよほどでなければ不作になりにくいですし、魔物除けがきちんとされた温暖な地域なら幾《いく》らでも作れますわ。きっと」

「そうか。知っているのか？」

キャスバルお兄様が超絶笑顔です！　素敵！　これはキャスバルお兄様が大変気に入った証ですわ！

「ええ、作ったことがありますわ。幼い子供が最初に植える野菜ですもの、もっとも栽培過程は大人が管理しますけれど……それくらい身近なものでしたわ」

「ふむ……では、ルキ山の近辺の栽培に適した農地で作ることを前提でいてくれ。食べきらないで欲しい……母上がものすごく気に入ったみたいだが、他にも大勢の者が喜んでいたからな」

「もちろんですわ。安心なさって、キャスバルお兄様」

うん、まだまだたくさんあるし……これは島でちょいちょい作っておくべきかしら？　ま、収納しとけばどれだけでも持つし良いか。うん？　武装の裾が……クイクイッと……ニャンコだね！

「どうしたのかなー？」

あれ？　三匹揃ってちょっと涙目で私を見上げてどうした？

「主……もう、たべれにゃいにゃ？」

タマ……涙目で何言ってるの！　ヤバい！　トラジとノエルもウルウルしてきてる！　小っちゃい子の前で大人トークしちゃって失敗！　サッと膝を突いて三匹を纏《まと》めて抱き締める。

「大丈夫に決まってるじゃない！　また食べられるわよ。毎日とかは無理だけど、二度と食べられないわけじゃないわ。それに領地に帰って、畑で作ればたくさん食べられるようになるわ。だから、そんな顔しないで」

立ち歩きネコと言ってもネコじゃない。魔物じゃなくて精霊で、言葉や仕草《しぐさ》は小さい子とほぼ同じ。背丈も小さな子供くらい。純粋で可愛い、この小さな精霊は私にとって大切な存在になった。

「よかったにゃ……」

タマがウルウルした目で笑った。にゃにゃとトラジとノエルも笑った。私も三匹を見つめて笑ってから立ち上がり、クルリと振り返ってキャスバルお兄様をギッと睨む。

「キャスバルお兄様、難しくなりそうなお話は、この子たちのいないところでお願いします」

「あっ……ああ、配慮が足りなかった。すまない」

キャスバルお兄様は困り顔で、謝罪してくれました。フゥ……と息を吐いて、軽く首を振って微笑む。

「心配して泣かせるのは本意ではありませんもの、私も配慮が足りませんでしたわ。ごめんなさい、キャスバルお兄様」

キャスバルお兄様はフルフルと首を横に振って、離れて見ていたレイのもとへと歩いて行きます。

……三匹は誰が与えたのか（あっルークか）、大きな輪切りサツマイモを両前足で持ってハムハム食べてました。

「これでお腹いっぱいになるだろ？　お昼ごはんはこれでお終《しま》いだぞ」

グリグリと三匹の頭を順々に撫でて笑うルーク……どこの子煩悩《こぼんのう》なパパよ……

「おなかいっぱいにゃ！」

「美味しいのでいっぱいにゃ！」

「主ありがとにゃ！　まんぞくにゃ！」

うん……なんか、キミたち……私とルークの子供ポジションに入ってるね！

ぐるりと周りを見回すと、大量にあった肉や野菜は綺麗さっぱりなくなっていた。多くの人々は満腹そうに笑い、コンロのそばから離れ、親しい人たちと語り合っている。

「皆、満足したみたい。ねぇ、ルーク……昨日の肉って、あとどれくらい残ってるの？」

率直に聞いてみる。

「今、消化した分より少し多いかな？」

なるほど……あと、一～二回でなくなるか……晩ごはんはやっぱりごはんにトライしたい！

ならごはんに合うおかず……うん、思いつくものあった。そして、デザートは甘酸っぱい系かもしくは酸っぱい系がいい！　……何かあったかな？　思いつかないな……馬車の中で考えよう！

そうしよう！

「じゃあ、そろそろ馬車に戻ろうかしら？」

「エリーゼ様っ！　ハアッ……つい美味しくて食べすぎちゃいました！」

アニスが戻ってきました。しかもお腹撫でながら！

「いいのよ、私もたくさん食べたわ。さ、馬車に戻るわよ。……馬車のところで、連中が待ち構えてるから覚悟してちょうだい」

私の言葉を聞いて、アニスが渋い顔になりました。うん、分かるよ！　だって変態集団だもんね！

無言で歩き出します……もちろん、タマとトラジもついてきてます。ルーク？　ルークはノエルと一緒にクワイのもとへと行きました。…………いました。整列して待っていました。

「エリーゼ様、お待ちしておりましたっ！」

「見たら分かる……アニス、タマとトラジを連れて馬車の中に入ってて……もちろん、窓もカーテンも閉めて」

「はい。タマちゃんトラジちゃん、馬車の中で待ってましょうね」

アニスはそう言って、タマとトラジを連れて馬車の中に入りました……そして、私はエリックに手を出します。実に慣れた動きで私の手に乗せられたのは、乗馬鞭《むち》です。

「諸君らの働きはなかなかのものである、一発ずつだが受けるがいい。ただし！　声は抑えるように、抑えられぬ者は次回の褒美《ほうび》はなしだ」

私の言葉で一斉に後ろを向き、尻を打たれやすいように突き出した。無心で力いっぱい鞭《むち》を振う。……響くのは鞭《むち》の音だけ、ふんどしたいの者全員は呻き声すら漏らさず耐えました……スゲェいい顔で。チクショウ……そんなに嬉しいか……

幸せごはんのあとに、これですよ……全員打ち据えたあとエリックに鞭《むち》を手渡し馬車の中に入りました。

無言で入り、扉に鍵をかけ座り込みました。晩ごはんのことだけ考えよう……ドッと疲れた体をクッションに預ける。

無心……無心こそが大事なことなのだ……考えたらダメだ……

私は心の中でそう唱え、そっと瞼《まぶた》を閉じた。

馬車の外から聞こえる万歳三唱を聞きながら。

まだまだ故郷である領地までは長い。きっと色んなことがあるだろうけど、楽しい旅路になるだろう……だって家族も、私を支えてくれる侍女もテイムしたニャンコ達とルークがいるもの。

ゆっくりと動き出す馬車の揺れと温かいぬくもりを感じ、私は夢の中へと旅立った。

RC Regina COMICS
令嬢はまったりをご所望。1~2
原作 三月べに
漫画 梶山ミカ
アルファポリスWebサイトにて
好評連載中!
もふもふファンタジー
待望のコミカライズ!
過労により命を落とし、とある小説の世界に悪役令嬢として転生してしまったローニャ。彼女は自分が婚約破棄され、表舞台から追放される運命にあることを知っている。
だけど、今世でこそ、平和にゆっくり過ごしたい!
そう願ったローニャは、小説通り追放されたあと、ロトと呼ばれるちび妖精達の力を借りて田舎街に喫茶店をオープン。すると個性的な獣人達が次々やってきて——?
B6判・各定価:本体680円+税
大好評発売中!
アルファポリス 漫画
検索

この作品に対する皆様のご意見・ご感想をお待ちしております。

おハガキ・お手紙は以下の宛先にお送りください。

【宛先】

〒150-6008 東京都渋谷区恵比寿4-20-3 恵比寿ガーデンプレイスタワー8F
（株）アルファポリス　書籍感想係

メールフォームでのご意見・ご感想は右のＱＲコードから、
あるいは以下のワードで検索をかけてください。

アルファポリス　書籍の感想　検索

ご感想はこちらから

本書は、「アルファポリス」（https://www.alphapolis.co.jp/）に掲載されていたものを、
改稿、加筆のうえ、書籍化したものです。

婚約《こんやく》破《は》棄《き》されまして（笑）2
竹本芳生（たけもとよしき）

2020年 10月 5日初版発行

編集－古内沙知・宮田可南子
編集長－太田鉄平
発行者－梶本雄介
発行所－株式会社アルファポリス
〒150-6008 東京都渋谷区恵比寿4-20-3 恵比寿ガーデンプレイスタワー8F
TEL 03-6277-1601（営業） 03-6277-1602（編集）
URL https://www.alphapolis.co.jp/
発売元－株式会社星雲社（共同出版社・流通責任出版社）
〒112-0005 東京都文京区水道1-3-30
TEL 03-3868-3275
装丁・本文イラスト－封宝
装丁デザイン－AFTERGLOW
（レーベルフォーマットデザイン—ansyyqdesign）
印刷－図書印刷株式会社

価格はカバーに表示されてあります。

落丁乱丁の場合はアルファポリスまでご連絡ください。

送料は小社負担でお取り替えします。


ISBN978-4-434-27903-4 C0093